Irene Scharenberg

Im Schatten des Leuchtturms

Handlung und Figuren dieses Romans entspringen der Fantasie der Autorin. Eventuelle Übereinstimmungen mit lebenden oder verstorbenen Personen sind zufällig und nicht beabsichtigt.

Originalausgabe Juli 2018

© Prolibris Verlag Rolf Wagner, Kassel
Tel.: 0561/766 449 - 0, Fax: 0561/766 449 - 29

Titelfoto: © Martin Benhöfer / pixelio.de
Druck: Totem, Inowroclaw, Polen

ISBN: 978-3-95475-172-3
www.prolibris-verlag.de

Irene Scharenberg

Im Schatten des Leuchtturms

Kriminelle Geschichten auf Norderney

Prolibris Verlag

Die Autorin

Irene Scharenberg ist in Duisburg aufgewachsen und hat hier Chemie und Theologie für das Lehramt studiert. Vor einigen Jahren hat sie die Leidenschaft fürs Schreiben entdeckt. Seit 2004 sind zahlreiche ihrer Kurzgeschichten in Anthologien und Zeitschriften erschienen und in Wettbewerben ausgezeichnet worden. 2009 gehörte die Autorin zu den Gewinnern des Buchjournal-Schreibwettbewerbs, zu dem mehr als 750 Geschichten eingereicht wurden.

Irene Scharenberg ist verheiratet und hat zwei erwachsene Töchter. Sie lebt am Rande des Ruhrgebiets in Moers. In ihrer alten Heimat Duisburg spielen bereits sechs Kriminalromane mit dem liebenswert-kauzigen Kommissar Pielkötter. In ihren Norderney-Krimis verbindet sie ihre Liebe zu der Insel mit der Leidenschaft fürs Schreiben.

Für meine Familie

Inhaltsverzeichnis

Frischer Wind

Glücklich lächelnd hielt ich mein Gesicht in die frische Brise. Ich konnte es immer noch nicht recht fassen. Mein Mann ließ wirklich die Arbeit in der Firma ruhen, um mit mir für ein paar Tage nach Norderney zu fahren! Gemeinsame Tage hatte es schon so lange nicht mehr gegeben, eigentlich nicht einmal gemeinsame Stunden. Immer war er beschäftigt, Überstunden reihten sich an Überstunden. Meist kam er erst nach Hause, wenn ich schon schlief.

Zugegeben, er hatte die Firma meines Vaters vorangebracht. Aber manchmal beschlich mich der heimliche Verdacht, hinter seiner Arbeitswut würde noch ein ganz anderer Grund stecken: Seine Sekretärin Simone Hermstetter mit den richtigen Rundungen an den richtigen Stellen. Dazu die verträumten großen Augen in diesem Puppengesicht, umgeben von wallendem Haar. Ich mochte keine Puppengesichter, aber Immanuel sah das sicher ganz anders. Oder verdächtigte ich die Falsche und Diana Brandes, diese Rothaarige aus der Buchhaltung, verwandelte seine Überstunden in heiße Dates? Zumindest blickte mein Mann Frauen mit sehr langen Beinen in Nylons gern hinterher, und Diana Brandes hatte Beine in Überlänge und trug nur hauchdünne schwarze Seidenstrümpfe. Egal, die Vergangenheit zählte nicht mehr. Immanuel hatte mir versprochen, dass sich nun einiges ändern würde. »Ich habe die feste Absicht, mein Leben zu ordnen«, hatte er mit feierlicher Miene verkündet. »Ich will mehr Zeit für uns haben.«

Die Fähre hatte an Fahrt aufgenommen und frischer Wind wehte über das Deck. Während sich die ersten Passagiere in Jacken und Pullover hüllten, legte Immanuel seinen Arm um meine Schultern und zog mich zu sich heran. Ich hätte zerspringen können vor Glück. Dabei hatte ich vor nicht allzu langer Zeit sogar über eine Scheidung nachgedacht. Schließlich war ich jedoch vor diesem Schritt zurückgeschreckt, weil Immanuel nun einmal der beste Geschäftsführer war, den ich mir für meine Firma vorstellen konnte. Nun ja, auch weil er unschöne interne Geheimnisse kannte, die besser nicht publik werden sollten.

Mein Blick schweifte über das Meer und die winzigen Schaumkronen auf den Wellen. Norderney kam näher. Jetzt konnte ich schon gut die Dünen erkennen, rote Dächer und natürlich die weißen Hochhäuser, die man heute wohl nicht mehr bauen würde. Meine Vorfreude wuchs und ich kuschelte mich enger an Immanuel.

»Das Ferienhaus wird dir gefallen«, erklärte er mit einem Lachen, das ich schon lange vermisst hatte. »Dort wird uns niemand stören.« Er zwinkerte mir in einer Weise zu, die mich genussvolle intime Stunden erahnen ließ. Unwillkürlich fühlte ich mich an unsere Flitterwochen erinnert. Die hatten wir in einem wunderbaren Haus am Meer verbracht, an der bretonischen Küste.

Unser Feriendomizil auf Norderney war wirklich ein Traum. Mit offenem Kamin und eigenem großen Garten. Ich tanzte durch die Zimmer und ließ mich dann auf die wuchtige lindgrüne Sitzgruppe im Wohnzimmer fallen. Als ich mich auf dem Leder räkelte, schmunzelte ich über mich selbst. So gelöst hatte ich mich schon lange nicht mehr gefühlt. Ich schloss die Augen, streckte die Lippen vor, aber nichts passierte. Nach einer Weile riskierte ich einen kurzen Blick, Immanuel war nicht im Zimmer. Ich wollte gerade aufspringen, da hörte ich seine Schritte.

»Lass uns anstoßen«, sagte er mit zwei Sektgläsern in der Hand. »Ich habe Champagner in den Kühlschrank legen lassen.«

Legen lassen, echote es in meinem Kopf. Wie kam man auf so etwas? Hatte er das schon öfter gemacht?

Für einen Moment fühlte ich mich leicht irritiert, doch dann wischte ich alle störenden Gedanken beiseite und nahm ihm lächelnd ein Glas ab. Immanuel ließ sich neben mir nieder und wir prosteten uns zu. Seine Umarmung ließ mich vergessen, dass unsere Koffer noch unausgepackt in der Diele standen.

Dieser Kurzurlaub war einfach wunderbar. Wir fuhren mit den Elektrorädern, die zum Haus gehörten, kreuz und quer über das gut ausgebaute Radwegenetz der Insel. Wir bestiegen den Leuchtturm und küssten uns, als wir oben ankamen. Eng umschlungen schauten wir hinaus aufs Wattenmeer, dann hinüber zur Stadt und küssten uns wieder. Später gingen wir Hand in Hand zum Strand und kullerten eine Düne hinunter, wälzten uns im Sand. Nichts trübte unser Glück. Bis zum dritten Tag. Ich hatte Immanuel erklärt, für eine Weile im Bad zu verschwinden, das sich wie die beiden Schlafzimmer auf der oberen Etage unseres Ferienhauses befand. Aber ich hatte die neue Haarspülung im Einkaufskorb vergessen, die ich von unserem Bummel durch die Poststraße mitgebracht hatte. Ich betrat die oberste Treppenstufe. Und hörte Immanuel flüstern. »Du, ich muss Schluss machen, ich glaube, sie kommt.« Dann war alles plötzlich still.

»Hast du gerade mit mir geredet?«, fragte ich so ahnungslos wie möglich, als ich ihn fast erreicht hatte.

»Nein, nein«, antwortete er nach einigem Zögern, wobei er mit zwei Fingern heftig sein Kinn massierte. »Ich habe nur mit einem Mitarbeiter gesprochen. Der Mann braucht noch eine Unterschrift. Gleich mailt er mir ein Schreiben zu.« Immanuel erhob sich abrupt, lief auf mich zu und umarmte mich. »Keine Angst, es ist keine große Sache. Ich werde hier nicht anfangen zu arbeiten. Auf Norderney bin ich nur für dich da. Sobald du im Bad fertig bist, laufen wir zum Weststrand. Ich habe in der Giftbude einen Tisch für uns bestellt.«

Ich löste mich aus seiner Umarmung und lief ohne die Spülung wieder ins Obergeschoss, dafür mit einem Kopf voller Gedanken. *Sie kommt*, hatte er in den Hörer geflüstert. Vor welchem Angestellten würde er mich einfach »sie« nennen? Schließlich war ich die Chefin, die Besitzerin der Firma und zugleich seine Frau. Vor allem aber brauchte er doch nicht sofort aufzulegen, nur weil er mit einem unserer Mitarbeiter telefonierte.

Das Essen in der Giftbude war spitze und wir hatten einen Tisch am Fenster mit Blick auf die Promenade und das Meer. Nur konnte ich die gemeinsame Zeit nicht mehr so genießen wie zuvor. Während ich die Scholle auf der Zunge zergehen ließ, fragte ich mich erneut, wie viel Schaden Immanuel bei einer Scheidung für die Firma anrichten konnte. Leider fiel das Ergebnis dieser Überlegung nicht gerade erfreulich aus.

»Dich bedrückt doch etwas«, stellte mein Mann fest und nahm meine Hand mit einem aufgesetzten Lächeln. Immerhin verstand er, meinen Gesichtsausdruck zu lesen, nur interpretierte er ihn falsch, wie ich sofort feststellen konnte. »Wahrscheinlich ahnst du bereits, dass ich dich morgen noch einmal kurz verlassen muss.« Das stimmte zwar nicht, aber es wunderte mich kaum. »Weibliche Intuition. Davor zücke ich wirklich den Hut. Dir mache ich eben nichts vor. Nun ja, wenn man schon über fünfzehn Jahre verheiratet ist.«

Ich versuchte, ein bestürztes Gesicht aufzusetzen, ein bisschen war es auch echt. »Wie … wie darf ich das verstehen?«

»Wertmeier will abspringen. Und Schmidke hat nicht genug Verhandlungsgeschick, um diesen wichtigen Großkunden bei der Stange zu halten.« Aus Immanuels hellblauen Augen traf mich ein Blick, den ich früher für unwiderstehlich gehalten hatte.

»Ulrike, es ist doch für die Firma. Deine Firma. Einen Tag und eine Nacht wirst du dich doch allein hier beschäftigen können. Übermorgen nehme ich direkt die erste Fähre und bringe dir das Frühstück ans Bett.«

Nicht zum ersten Mal beschlich mich der Gedanke, dass es ein großer Fehler gewesen war, mich aus dem aktiven Geschäft zurückzuziehen. Immanuel hatte mich darin bestärkt, mich ganz auf das Malen, mein geliebtes Hobby, zu konzentrieren. Du kannst es dir zum Glück leisten, hatte er mir vor gut einem Jahr erklärt, also ergreife die Chance. Anfangs hatte mich der Zustand, nur noch Künstlerin zu sein, geradezu in Euphorie versetzt. Und ich hatte mir auch einen Vorteil für unsere Ehe erhofft. Wenn wir nicht Tag und Nacht beieinander sind, werden wir unsere gemeinsame Zeit viel mehr genießen, hatte Immanuel mir verheißungsvoll erklärt. Inzwischen vertrat ich eine ganz andere Ansicht und hatte das in der letzten Zeit auch öfter kundgetan: Wir entfernten uns immer mehr voneinander.

Ich stand am Eingang unseres Ferienhauses und winkte meinem Mann hinterher. Eigentlich hatte ich ihn bis zum Hafen bringen wollen, aber das hielt er für übertrieben. Schließlich sei er morgen früh bereits zurück.

Der Abschiedskuss schmeckte seltsam, nicht gerade so, als würde ich in absehbarer Zeit erneut seine weichen Lippen spüren, seine zuweilen ein wenig forsche Zunge in meinem Mund. Selbst der Blick, mit dem er mich ansah, als er sich am Gartentor noch einmal umdrehte, wirkte merkwürdig, liebevoll hätte ich ihn nicht genannt. Hatte er mir die ersten Tage auf der Insel nur etwas vorgegaukelt und wenn ja, warum?

Seufzend lief ich ins Haus zurück und setzte mich an den Esstisch im Wohnbereich. Nachdem ich lange genug gegrübelt hatte, schaltete ich mein Smartphone ein und suchte die Nummer von Wertmeier heraus. Meine Firmenkontakte hatte ich nie gelöscht. Als ich meinen Namen und mein Anliegen nannte, stellte mich die Sekretärin sofort zu ihrem Chef durch.

»Ulrike Gruber. Mein Anruf wird Sie sicher etwas verwundern. Wie Sie wissen, habe ich mich aus dem Geschäft zurückgezogen, aber jetzt habe ich gehört, es gäbe Probleme. Ich dachte ... nun ja, da rufe ich Sie am besten persönlich an. Schließlich haben wir immer erfolgreich zusammengearbeitet.« Ich lachte, was seltsam gekünstelt klang.

»Ja, es war und ist eine gute Zusammenarbeit, über die wir sehr glücklich sind. Deshalb verstehe ich nicht so ganz, von welchen Problemen Sie reden. Der nächste Auftrag an Ihre Firma ist noch nicht raus, aber der war doch auch erst für den nächsten Monat zugesagt.«

Ich lachte erneut, auch wenn mich diese Nachricht ausschließlich für meine Firma freute. »Entschuldigen Sie vielmals, ich glaube, da habe ich wohl etwas missverstanden. Aber wo wir uns gerade schon einmal unterhalten, kann ich Sie direkt zu dem Jubiläum von Elektro Hermann am ersten November einladen. Bitte notieren Sie sich den Termin schon einmal, damit Ihnen nichts dazwischenkommt. Die offizielle Einladung geht Ihnen natürlich noch zu.«

Ob es wirklich vierzig Jahre nach der Gründung eine Feier geben sollte, hatte bisher zwar noch nicht festgestanden, aber in dem Moment hatte ich das Gefühl, nur sie könne mich davor bewahren, wie eine Oberidiotin dazustehen. Was hatte sich Immanuel nur dabei gedacht, mich derart anzulügen?

Die Gedanken rotierten in meinem Kopf. Offensichtlich steckte kein geschäftlicher Grund hinter Immanuels Abreise. Was also dann? Zuerst fiel mir dazu ein heißes Date mit Simone Hermstetter oder Diana Brandes ein. Welche der zwei auch immer die augenblickliche Favoritin sein mochte; auf meiner Gehaltsliste standen beide, was mich noch wütender machte. Aber warum hatte er mir dann diesen Trip nach Norderney überhaupt vorgeschlagen und auf die Nähe seiner Geliebten verzichtet? Denk nach, sagte ich mir immer wieder. Welchen Grund konnte es geben, für gut vierundzwanzig Stunden von der Insel zu verschwinden?

Grübelnd lief ich zur Küche, um mir einen Kaffee zu kochen, blieb aber mitten im Türrahmen stehen und starrte benommen zum gegenüberliegenden Fenster, das den Blick auf ein Stück Deich gewährte. Bisher hatte ich die Aussicht genossen, aber nun kam mir plötzlich etwas in den Sinn, das mich erschreckte. Das Haus lag abseits, fast einsam. Hier draußen würde wohl niemand mitbekommen, wenn jemand unerlaubt über die Dünen auf das Grundstück gelangte.

Während ich noch eine Weile wie angewurzelt stehen bleib, übermannte mich eine Flut von Gefühlen: Verzweiflung, Wut, Enttäuschung, vor allem Angst. Ich zitterte. Tränen liefen mir über die Wangen. Vielleicht sollte ich besser ins nächste Hotel ziehen? Selbst das kleinste Zimmer in einer Pension wäre mir recht, nur fort aus diesem Haus, in dem ich mich nicht mehr sicher fühlte.

Wie viele Krimis hatte ich schon im Fernsehen gesehen, in denen Männer versuchten, ihre Frauen loszuwerden, vor allem vermögende? Ich wusste doch, wie das lief. Immanuel würde ein Alibi benötigen, so viel stand für mich fest. Von der Abreise bis zu seiner Rückkehr, bei der er mich tot auffinden würde. Wahrscheinlich hatte er sich auf der Fähre zum Festland auffallend benommen, der Kellnerin schöne Augen gemacht, den bestellten Kaffee umgekippt, etwas zerbrochen. Dann die kurze Autofahrt zu unserer Firma in Oldenburg, dazu würde er keinen Zeugen benötigen. Oder würde er so weit gehen, ein Fahrzeug beim Ausparken zu beschädigen? Ja, warum denn nicht, es würde ja genug für ihn herausspringen. Obwohl sein Geschäftsführergehalt auch schon üppig bemessen war. Danach würde seine Geliebte, egal ob sie Simone Hermstetter, Diana Brandes oder noch anders hieß, sicher bestätigen, dass er bis spät in der Nacht ... Nein, in diese Gedanken durfte ich mich nicht verlieren.

Ich musste hier raus.

Inzwischen war es dunkel geworden, und ich weilte immer noch in dem Haus. In einer Minute hielt ich meine Vermutung für völlig absurd, in der nächsten für absolut logisch, und das in regelmäßigem Wechsel. Aber selbst wenn mein Mann wirklich plante, mich umzubringen, wollte ich bleiben. Ich gehörte nicht zu den Menschen, die Flucht als eine Option ansahen, ich wollte der Gefahr einfach ins Auge sehen. Vielleicht musste ich Immanuel auch ein letztes Mal gegenüberstehen, sein Gesicht studieren, ihm schonungslos sagen ... Wenn ich mit ihm redete, wäre er bestimmt nicht dazu fähig, mich zu ermorden. Dazu hatten wir zu viele gute gemeinsame Stunden erlebt, uns so viele Male geliebt.

Ja, da war ich mir sicher, ich musste mit ihm reden, durfte mich nicht im Schlaf überraschen lassen. Immanuel rechnete sicher fest mit meinem allabendlichen Ritual: Um zweiundzwanzig Uhr ein letztes Glas Wein, eine Stunde später meine Schlaftablette. Ich – die Lider fest geschlossen, er – ein dickes Kissen in der Hand, den Blick halb abgewandt. Nein, er würde mich nicht ersticken, diese Grobheit traute ich ihm eigentlich nicht zu, und ich hoffte, dass ich mit dieser Einschätzung richtig lag.

Plötzlich durchfuhr mich ein schrecklicher Gedanke, und meine Beine begannen, unkontrolliert zu zittern. Ein hysterischer Laut entfuhr meiner Kehle. Was, wenn sein Alibi echt sein würde und er einen Auftragsmörder engagiert hatte, der sich durch nichts abschrecken ließe? Mein Herz setzte einen Schlag lang aus, aber dann entspannte ich mich wieder ein wenig. Nein, ein bezahlter Killer kam definitiv nicht in frage. Immanuel erledigte wichtige Dinge viel zu gern selbst. Und ein Mitwisser wäre ihm mehr als unangenehm, würde ihn niemals mehr ruhig schlafen lassen.

Meine Beruhigung hielt nicht lange an. Schnell ergriff mich wieder eine ungeheure Angst. Ich verspürte den unbändigen Willen, noch eine ganze Weile zu leben. Eilig lief ich zu dem offenen Kamin in unserem Wohnzimmer, nahm den schweren Schürhaken an mich und löschte das Licht. Im schwachen Schein des Mondes tastete ich mich zu dem nächsten Sessel vor. Ich setzte mich und wartete. Langsam gewöhnten sich meine Augen an die Dunkelheit.

Zunächst passierte nichts. Bis Mitternacht blieb alles still, und ich wäre um ein Haar eingenickt, da hörte ich plötzlich aus dem Nebenraum ein Geräusch, ein verdächtiges Geräusch. Es war so leise, dass ich in den vorangegangenen Tagen davon niemals aus dem Schlaf aufgewacht wäre. Vermutlich klirrte die Fensterscheibe in der Küche. Immanuel besaß zwar einen Schlüssel für das Haus, aber wenn er einen Einbruch vortäuschen wollte, musste er den Eindruck erwecken, jemand sei gewaltsam eingedrungen.

Ich hielt den Atem an. Der Angstschweiß lief mir den Rücken hinunter. Dabei stellte ich mir vor, wie mein

Mann die letzten störenden Glassplitter entfernte, sich durch das Küchenfenster quälte und langsam näherkam. Mit zitternden Knien lief ich zur Verbindungstür und drückte mich daneben gegen die Mauer. Adrenalin durchflutete meinen Körper. Während sich die Klinke vorsichtig nach unten bewegte, stellten sich meine Nackenhaare auf. Ich hob den Schürhaken hoch. Dabei schlug mein Herz so heftig, als wollte es zerspringen.

Die Tür öffnete sich nach innen und eine Gestalt stand im Rahmen. War das wirklich Immanuel? Das Gesicht war hinter einer dunklen Maske mit zwei Löchern verborgen. Plötzlich bewegten sich die Seeschlitze in meine Richtung. Der Eindringling machte einen Schritt auf mich zu. Als der Schürharken auf seine Schulter krachte, schrie er und ging zu Boden. Während meine Rechte wieder mit der Waffe auf die Gestalt zielte, riss meine linke Hand an der Maske. Endlich kam das Gesicht zum Vorschein. Trotz der Dunkelheit erkannte ich Immanuel.

»Was hast du gemacht?«, fragte er mit erstauntem und schmerzverzerrtem Gesicht.

Stumm registrierte ich die Handschuhe an seinen Händen, zunächst kaum fähig zu begreifen, dass meine Vermutung richtig gewesen war. Mit einem Mal löste ich mich aus der Erstarrung.

»Ich vollende, wozu du nicht fähig warst«, erwiderte ich und ließ den Schürharken auf seinen Kopf niedersausen.

Ohne Reue sah ich Immanuels Leiche noch einige Minuten an, dann rief ich die Polizei. Dabei hatte ich keine Zweifel, dass mein Handeln als Notwehr gewertet werden würde. Ich konnte doch nur von einem Einbrecher ausgehen. Mein Mann hatte schließlich alles dafür getan, mich und die Polizei glauben zu lassen, dass er auf dem Festland weilte.

Im Schatten des Leuchtturms

Die Nachricht erreichte mich ausgerechnet an meinem ersten freien Tag seit Wochen. Ich bin Kellner in einem Restaurant an einem sehr schönen Abschnitt der Promenade und bei der tollen Lage mit Blick auf den Strand und das Meer haben wir gut zu tun. Kein Wunder, bei uns sitzt man wie bei ARD und ZDF in der ersten Reihe. Normalerweise bin ich nach dem Wachwerden gut gelaunt, besonders wenn ich nicht arbeiten muss. Aber die kurze Botschaft, die jemand durch die Türritze geschoben hatte, ließ meine Stimmung in Richtung Hölle fahren. Wladic wollte mich sehen und zwar heute Abend. Das konnte nichts Gutes bedeuten. Anscheinend hatte er mir die Sache in Minsk noch nicht verziehen. In gewisser Weise konnte ich ihn sogar verstehen. Ich hatte ihm damals etliche Riesen abgeluchst, die er nun wohl mit Zinseszins zurückhaben wollte. Wie um alles in der Welt hatte er mich hier auf der Insel gefunden? Ich hatte die Stelle auf Norderney angenommen, um neu anzufangen und von niemandem aus meinem alten Leben gefunden zu werden, erst recht nicht von Wladic, dem alten Knochenbrecher.

Kritisch betrachtete ich mich im Spiegel. Nach der Begegnung mit Wladic würde ich mein Gesicht garantiert nicht wiedererkennen. Wobei ich mir durchaus noch Schlimmeres vorstellen konnte. Mit Wladic war nicht zu spaßen, das hatte ich schon damals in Minsk geahnt, aber zuweilen fordert man das Schicksal eben heraus.

Treffpunkt dreiundzwanzig Uhr dreißig am Eingang zum Großen Norderneyer Leuchtturm, las ich noch einmal und wischte mir den Schweiß von der Stirn. Mist, er kannte sogar die offizielle Bezeichnung. Anscheinend hatte er sich genau informiert. Warum nannte er keine konkrete Forderung? Das irritierte mich. Wladic war niemand, der erst verhandelte, bevor er ...

Ich schluckte. Und wenn ich die Aufforderung einfach nicht beachtete? Wer zwang mich, dort zu erscheinen? Wladic, beantwortete ich mir die Frage. Er würde nicht lockerlassen. Schließlich hatte er mich nach so vielen Jahren aufgespürt und er würde es wieder schaffen, davon war ich überzeugt.

Aufgewühlt trabte ich zu meiner alten Kommode und riss die mittlere Schublade auf. Unter einem Haufen Zeug mit gewissem Erinnerungswert lag meine Magnum. Ich zog sie heraus und legte eine Patrone ein. Beinahe zärtlich strichen meine Finger über den Lauf. Mit der geladenen Magnum sah ich dem Treffen

schon etwas entspannter entgegen, zumindest bis
»Spiel mir das Lied vom Tod« aus meinem Handy er-
tönte. Wladic, schoss es mir durch den Kopf, während
meine Hand mit der Wumme zu zittern begann. Ein
Blick auf das Display beruhigte mich. Es war nur
Viktoria.

»Hallo, mein Süßer«, gurrte sie. »Wie wäre es heute
mit einem netten Abend? Ich koche uns was Leckeres
und dann ...«

»Bevor du mir weiter den Mund wässrig machst,
muss ich dich leider enttäuschen«, unterbrach ich sie.
»Habe geschäftlich zu tun. Wir sehen uns morgen nach
der Arbeit.«

Sofern ich dann noch lebe, dachte ich im Stillen, und
auch nur, wenn mich diese heiße Braut, die mir gestern
nach Thekenschluss wieder einmal den Feierabend
versüßt hat, versetzen sollte.

»Aber du hast doch heute frei«, wandte sie ein. Zum
Glück ließ sie sich anschließend schnell überzeugen,
ohne großartige Diskussion, ohne zu schmollen. Ihre
Vorgängerin Nicole hätte sicher nicht so schnell aufgegeben. Die hatte sich als echte Klette entpuppt, aber
das war nicht mehr mein Problem. Ihr Bild vor meinem inneren Auge wurde schnell durch das von
Wladic verdrängt, seine wuchtige Gestalt mit den tä-

towierten Ringerarmen. Meine Magenwände zogen sich bei dem bloßen Gedanken daran vorsorglich zusammen.

Denk nach, anstatt dir in die Hosen zu machen, ermahnte ich mich. Nur gut vorbereitet hatte ich eine Chance. Während eine Schweißperle von meiner Stirn auf die Magnum tropfte, fragte ich mich erneut, wie Wladic mich hier gefunden hatte und vor allem, warum er mich zum Leuchtturm bestellt hatte. Etwa wegen der Höhe? Wollte er mich von oben herunterstürzen? Für einen kurzen Moment sah ich meine Überreste in unappetitliche Portionen aufgeteilt auf dem Asphalt liegen. Angeekelt wankte ich zu meinem Computer. Wie sollte er mich da oben raufbekommen? Ich musste mir so schnell wie möglich Informationen beschaffen.

Unser Date lag außerhalb der Öffnungszeiten. Nun, das hatte ich auch ohne PC gewusst, und wie Wladic die Tür aufbrechen würde, konnte ich mir auch schon lebhaft vorstellen. »Der Turm hat eine besondere Architektur: Sein Querschnitt ist im oberen Teil achteckig. Er ist fast 55 Meter hoch, mit Laterne sogar knapp 60 und damit das höchste Bauwerk der Insel«, las ich, aber das brachte mich auch nicht viel weiter. Jeder einzelne Meter erhöhte nur meine Angst. Seit über dreißig Jahren, erfuhr ich, wird das Leuchtfeuer von einer Verkehrszentrale bei Emden vollautomatisch gesteuert und überwacht. Einen Leuchtturmwärter gab es nicht mehr.

Na wunderbar! Ich stöhnte. Wladic könnte meinen Tod wie einen Selbstmord inszenieren. Oben auf dem Leuchtturm würde er freie Bahn haben. Er musste nicht befürchten, dass mir ein menschliches Wesen zu Hilfe kam, wenn er versuchen sollte, mich über die Brüstung zu stürzen. Bisher hatte ich mir keine Gedanken darüber gemacht, wie die Lichtsignale des Turms funktionierten, aber im Moment wünschte ich mir die guten alten Zeiten zurück. Selbst wenn es Überwachungskameras gab, was ich stark bezweifelte, würde Wladic über alle Berge sein, bis die Leute aus Emden eingreifen konnten.

Der Tag zog sich endlos in die Länge. Ich versuchte, meine Nervosität mit etlichen Zigaretten in den Griff zu bekommen. Dabei hatte ich vor fast zwei Jahren mit dem Rauchen aufgehört. Und jetzt hatte es nur knapp eine halbe Stunde gedauert, nachdem ich Wladics Botschaft gelesen hatte, bis ich den ersten Zug tief inhaliert hatte. Inzwischen quoll der Qualm meiner vorletzten Zigarette aus meinem Mund.

Was für eine Scheiße, dachte ich zum wiederholten Mal an diesem Tag. Warum musste Wladic gerade jetzt mein Leben stören, wo es so beschaulich war. Ich verdiente nicht schlecht. Auch beim Trinkgeld kam oft ein hübsches Sümmchen zusammen. Besonders die Damen waren in der Regel spendabel, und das nicht nur in finanzieller Hinsicht. Und meine Gewissensbisse wegen Viktoria hielten sich wahrlich in Grenzen. Hin und wieder etwas Abwechslung tat mir einfach furchtbar gut.

Stoßweise blies ich den Rauch meiner letzten Zigarette aus und schaute auf meine Armbanduhr, ein Geschenk von Tina aus Bremen, die letzte Woche leider vorzeitig abreisen musste. Der Gedanke, dass sie bald wieder nach Norderney kommen würde, erfreute mich in diesem Moment allerdings wenig. Wer weiß, ob ich es noch erleben würde.

Die Zeiger standen auf zweiundzwanzig Uhr vierzig. Es wurde Zeit aufzubrechen, sofern ich das Terrain um den Leuchtturm noch etwas sichern wollte. Unwillkürlich verzog sich mein Mund zu einem schiefen Grinsen. Ich griff zuerst nach der kleinen Taschenlampe, dann nach der Magnum und verließ meine Wohnung. Die Hand an der Waffe, trabte ich hinaus in die Dunkelheit. Während ich mich auf mein

Fahrrad schwang, ließ ich kurz die Magnum los, aber dann strich ich wieder über das kalte Metall in meiner Hosentasche. Ich radelte, als sei der Teufel hinter mir her, dabei fuhr ich wahrscheinlich eher auf ihn zu. Je näher ich dem Leuchtturm kam, desto fester wurde mein Griff. Ich ließ die Jugendherberge »Norderney Dünensender« und den Golfclub hinter mir.

Fast hatte ich mein Ziel erreicht. Ich stieg vom Rad und lief die letzten Meter zu Fuß. Die Bushaltestelle auf der rechten Seite war verwaist und das Café am Leuchtturm hatte um diese Zeit sowieso geschlossen. Trotz der plötzlich einsetzenden frischen Brise trat mir der Schweiß aus allen Poren. Die periodisch auftretenden Blitze aus der Glaskuppel des Leuchtturms wirkten auf mich gespenstisch. Alle zwölf Sekunden drei hintereinander. Sollte ich weitergehen? Aber blieb mir überhaupt eine Wahl? Wenn Wladic mich auf Norderney gefunden hatte, würde er mich überall finden. Ich würde mich nie wieder vor ihm sicher fühlen.

Mit pochendem Herzen entsicherte ich meine Waffe und legte die letzten Meter bis zur Tür zurück. Zu meinem Erstaunen stand sie einen Spaltbreit offen. Ich konnte nicht erkennen, ob das Schloss beschädigt war. An der Tür hing ein Zettel: Komm rauf!

Bei der nächsten Gruppe von Blitzen schaute ich auf die Uhr. Mir blieben noch zehn Minuten. Denk an was Schönes, befahl ich mir, zum Beispiel wie Tina ihre Beine um dich geschlungen hat, doch dieses Bild verblasste. Mit angehaltenem Atem drückte ich die Stahltür auf und leuchtete mit meiner Taschenlampe nach innen.

Langsam stieg ich die Stufen hoch, von denen meine Funzel nur wenige erhellte. Wendelförmig führten sie ins Dunkle. Wladic konnte kaum einen Meter entfernt von mir auf mich lauern, und ich hatte keinerlei Chance, ihn zu sehen. Während ich schluckte, zog ich die Magnum aus der Hose und hielt sie vor meinen Körper. Die Stufen schienen kein Ende zu nehmen. Mir war leicht schwindelig. Zudem brannte der Schweiß in meinen Augen. Ich traute mich jedoch nicht, mir über die Stirn zu wischen.

Je höher ich stieg, desto mehr schwitzte ich. Bis zur Zuschauergalerie unter der Laterne waren es 253 Stufen, wenn ich das richtig gelesen hatte. Wollte mich Wladic wirklich von oben herunterstürzen? Ich war mir sicher, dass kein Glas und kein Stahlgitter ihn davon abhalten würden, wenn er das tatsächlich vorhatte, allenfalls meine Magnum. Die Waffe immer schön im Anschlag stieg ich Stufe für Stufe hoch. Die

Dunkelheit vor und hinter mir trieb mir weiteren Schweiß auf die Stirn.

Als ich endlich die Aussichtsgalerie erreichte, pochte mir das Herz bis zum Hals. Zumindest erhellte nun etwas Mondlicht meine Umgebung und alle zwölf Sekunden kamen die Lichtblitze dazu. Nur noch wenige Minuten bis zur ausgemachten Zeit. Vorsichtig setzte ich mich wieder in Bewegung. Ich drehte eine Runde im Uhrzeigersinn, dann in die entgegengesetzte Richtung. Kein Wladic weit und breit. Was sollte das? Legte der Kerl es darauf an, mir erst einmal Angst einzujagen? Nach der zweiten Runde stellte ich mich mit gezückter Magnum genau neben die Tür. Während ich wartete, schaute ich ab und an in die Ferne. Die Lichter der Windräder auf dem Festland waren gut zu erkennen.

Inzwischen war es fast Mitternacht und ich in meiner dünnen Jacke halb durchgefroren. Von Wladic fehlte immer noch jede Spur. Ich beschloss, oben auf der Galerie eine letzte Runde zu drehen und dann wieder nach unten zu steigen. Mit ungutem Gefühl ging ich die Treppe hinunter, jeden Moment darauf gefasst, mit dem Brutalo zusammenzustoßen. Ich schaffte es fast bis zum Ausgang, da erfasste der Strahl meiner Taschenlampe eine Gestalt.

»Na, wie fühlst du dich?«, hörte ich eine vertraute Stimme, dann verschwand die Gestalt.

Eine Tür fiel ins Schloss. Verwirrt rannte ich die letzten Stufen hinunter und stürmte hinaus.

Draußen stand Viktoria wenige Meter von dem Leuchtturm entfernt. »Seit wann machst du mit Wladic gemeinsame Sache?«, schrie ich sie an.

»Ja, da staunst du, was? Das hättest du deinem kleinen Häschen nicht zugetraut. Hast geglaubt, mich schamlos betrügen zu können.« Es folgte ein Lachen, das seltsam diabolisch klang.

»Wo ist Wladic?«

»Keine Ahnung. Im Vollrausch hast du mir mal von deiner heimlichen Angst erzählt, dass Wladic dich hier finden könnte. Ich habe ihn nur benutzt, um dich zum Leuchtturm zu locken.« Viktorias eisiger Tonfall gefiel mir noch weniger als ihr Lachen. »Und bitte steck die Waffe weg! In deinem eigenen Interesse. Auf meinem Kalender steht nämlich, dass ich heute Abend mit dir verabredet bin.«

»Wie hast du die Tür geöffnet?«, fragte ich.

»Mein Bruder besitzt einen Schlüssel. Der lässt die Besucher zu den Öffnungszeiten herein.« Sie grinste, sofern ich das bei dem Licht beurteilen konnte. »Und nun zur wesentlichen Botschaft: Ab sofort küsst du nur noch mich. Ansonsten garantiere ich dir ein Treffen mit Wladic. Ich werde ihn finden und er findet dann dich.« Inzwischen hatte sie sich genähert und stieß zur Bekräftigung ihrer Worte mit der Faust gegen meine Schulter.

Unser erstes Duell war entschieden. Viktoria hatte den Sieg errungen. Vorerst. Zwar konnte ich die Magnum in der jetzigen Situation auf keinen Fall einsetzen, aber in mir reifte der Plan, ihrem Schädel demnächst ein fettes Loch zu verpassen. Als ich mir vorstellte, dass sie genauso enden würde wie ihre lästige Vorgängerin Nicole, lächelte ich stumm in mich hinein.

Rache schmeckt süß

Nils Sörensen hatte Heiko Wilken noch nie gemocht, nicht einmal, als sie nach der Schule am Strand zusammen Beachvolleyball gespielt hatten. Kein Wunder, Heiko Wilken kannte nur sich und seine eigenen Interessen, schon als Jugendlicher. Leider hatte er im Lauf der Jahre immer mehr Macht bekommen, um sie gnadenlos durchzusetzen, egal wer dabei Federn lassen musste. Nun ja, *nie gemocht*, war inzwischen untertrieben. Sörensen hasste Heiko Wilken förmlich, nachdem er ihm den Posten des Geschäftsführers in einem seiner Bekleidungsläden mitten in der City von Norderney gekündigt hatte. Und das nur, weil die Umsatzzahlen angeblich ein wenig eingebrochen waren. Seit Oktober. So eine Unverschämtheit. Immer im Herbst, wenn die Saison sich dem Ende zuneigte und nicht mehr ganz so viele Touristen auf die Insel strömten, liefen die Geschfte weniger gut. Das wusste jeder, doch er sollte dafür bestraft werden.

Sörensen hegte den starken Verdacht, dass Heiko ihn seinerzeit nur deshalb zum Geschäftsführer ernannt hatte, um ihm bei der Kündigung keine Abfindung zahlen zu müssen. Durch den neu ausgehandelten Vertrag war er bei Wilkens zweiter Firma angestellt worden und hatte damit die lange Betriebszugehörigkeit in der ersten verloren. Aber mit diesem miesen Trick würde Wilken nicht durchkommen, nicht einmal mit dem besten Anwalt, den er sich locker leisten konnte. Nein, er würde für seine Schuld teuer bezahlen. Mit dem Tod. Den hatte sein ehemaliger Chef wahrlich verdient, fand Sörensen. Ja, nur ein toter Wilken würde kein Unheil mehr anrichten, nicht bei den anderen Angestellten, nicht bei seiner Frau, nicht bei den vielen kleinen Ladenbesitzern, die er in den Ruin getrieben hatte oder zu treiben versuchte, um weiter zu expandieren.

Je länger Sörensen darüber nachdachte, desto weniger Skrupel plagten ihn, diesen aufgeblasenen narzisstischen Fatzke ins Jenseits zu befördern. Der trug sogar einen Goldring im linken Ohr wie früher die Norderneyer Seefahrer, die sich ihre Initialen in die Kreole hatten eingravieren lassen, um im Todesfall in der Fremde leichter identifiziert werden zu können und für den Materialwert eine christliche Bestattung zu bekommen. Wenn Wilken das nun imitierte, ein simples Schmuckstück daraus machte, dieser fiese Kerl, war das eine Schande für alle, die auf dem Meer ihr Leben gelassen hatten. Besonders wenn man bedachte, dass er das Geld dafür, und tausendfach mehr, aus allen möglichen Leuten herausgepresst hatte. Nein, Skrupel plagten Sörensen wegen seiner Mordpläne nicht. Nur schade, dass er sich anschließend nicht mit dieser Tat brüsten konnte. Jedenfalls war er sicher, dass niemand Wilken eine Träne nachweinen würde, nicht einmal seine Gattin, die er ständig betrog.

Einziges Problem war die Art und Weise, wie Wilken das Zeitliche segnen sollte. Ertränken, Erschießen, Vergiften oder Erstechen? Ihn mit dem Wagen umzunieten, gefiel Sörensen nicht. Zwar war der Autoverkehr westlich der Mühlenstraße und nördlich der Hafenstraßen inzwischen wieder zugelassen, aber er befürchtete, als Unfallverursacher identifiziert zu werden, schließlich kannten ihn die meisten Insulaner. Erschießen kam auch nicht infrage. Er wusste einfach nicht, wie er an eine Waffe kommen sollte. Mit einem Messer stellte sich dieses Problem zwar nicht, doch Wilken war viel größer und kräftiger als er und würde sich von ihm kaum ein Messer in die Brust rammen lassen. Es sei denn, er würde von hinten angreifen, aber das kam ihm doch zu feige vor, und dann diese Sauerei, wo er kein Blut sehen konnte. Übrig blieben also Ertränken oder Vergiften. Vielleicht auch in Kombination, weil sich das Opfer wohl erst unter Wasser drücken ließ, wenn es schon halb vergiftet sein würde.

Sörensen entschied sich schließlich für Gift. Unblutig, leicht zu verabreichen und mit verzögerter Wirkung, so dass man sich den Anblick des Sterbenden ersparen konnte. Zudem wurde es gerne von weiblichen Mördern benutzt, weshalb er nicht so schnell in Verdacht geraten würde. Gift also, nur welches? Der Zufall kam ihm zu Hilfe. Während eines Besuchs auf dem Festland führte seine Schwiegermutter ihn durch ihren Garten und wies ausdrücklich auf die giftige Tollkirsche hin. Die Bemerkung, bereits zehn Früchte könnten einen Erwachsenen töten, elektrisierte Sörensen förmlich. Adrenalin rauschte nur so durch seine Adern, und es bereitete ihm große Mühe, seine Erregung vor der Familie zu verbergen. Nur zehn Früchte! An den Sträuchern hing die vielfache Menge. Die dunklen Beeren wirkten hochreif und luden regelrecht dazu ein, gepflückt zu werden.

Bei der Abreise befand sich eine todbringende Dosis in Sörensens Handgepäck. Jetzt fehlte nur noch ein Plan, wann, wo und vor allem wie das Gift verabreicht werden sollte. *Wann* und *wo* war schnell geklärt. Wilken drehte jeden Abend mit seinem Boxer eine Runde am Hundestrand und gönnte sich anschließend eine Rast auf einer Bank, um mit dem Blick über das weite Meer zu entspannen. Oft schloss er auch die

Augen und achtete nicht auf Rocky, was gelegentlich zu Ärger geführt hatte.

Sicher würde es niemandem auffallen, wenn Sörensen sich zu Wilken setzte. In der Saison hatten viele Insulaner gar keine Zeit ans Meer zu gehen, und die Urlauber kannten ihn nicht. Vom Festland hatte er sich eine Mütze mitgebracht, die er leicht irgendwo auf der Insel entsorgen konnte. Und er würde einen Friesennerz tragen, davon gab es – Funktionskleidung hin, Funktionskleidung her – immer noch viele, damit fiel er nicht auf. Kopfzerbrechen bereitete ihm vor allem, wie er sein Opfer dazu bringen sollte, das Gift zu sich zu nehmen. Schließlich konnte er ihm die Beeren nicht einfach anbieten, ohne selbst davon zu kosten. In der zweiten schlaflosen Nacht kam ihm endlich eine Idee. Wilken war dem Alkohol nicht abgeneigt und das würde ihm zum Verhängnis werden.

Am nächsten Abend suchte Sörensen mit einer Flasche frisch aufgesetzten Beerenlikör den Hundestrand auf. Sein ehemaliger Chef saß bereits auf seiner Bank. Während Wilken ihn erstaunt begrüßte, kam Rocky angerannt und sprang an ihm hoch. Dem Hund fehlten eben Manieren, wie seinem Herrchen. Zum Glück richtete sich Rockys Interesse schnell auf einen kleinen

Malteser, den er genauso in Schrecken versetzte wie seinen Besitzer. Wilken kümmerte das nicht.

»Bisschen frisch heute, was?«, fragte er mit Blick auf Sörensens Mütze und die weite gelbe Jacke.

»Ja, soll noch regnen, sagen die im Radio, man weiß ja nie.«

»Was ist los?«, fragte er, als Sörensen sich zu ihm setzte.

»Es gibt was zu feiern«, antwortete Sörensen, wobei er über seine feuchte Stirn wischte. »Zuerst war ich wütend wegen der Entlassung, aber inzwischen habe ich dir zu danken. Sonst hätte ich mich niemals um den gut bezahlten Posten in Emden beworben.« Eilig zog er die Likörflasche aus seiner Jackentasche und zwei bemalte Schnapsgläser aus der anderen.

»Schwarz, weiß, blau, die Farben von Norderney«, lachte Wilken. »Schwarzes Kap, weißer Sand, aber das Blau steht hier wohl eher für duun als für Meer.«

Sörensen schenkte ein und reichte das vollere Glas weiter.

»Emden, also«, bemerkte sein ehemaliger Chef und stürzte den Likör hinunter. »Wirst du unsere Insel nicht vermissen?«

»Bin doch nur an fünf Tagen in der Woche dort.« Er goss Wilken erneut ein, wobei er wieder darauf achtete, dass Wilken im Gegensatz zu ihm einige Beeren abbekam. Er hatte auch welche zerquetscht und ging davon aus, dass es genug waren, um sein Opfer mit fünf oder sechs Schnapsgläschen in den Tod zu schicken, aber er wollte lieber auf Nummer sicher gehen.

»Trinkst du nichts?«

»Doch, doch.« Widerwillig nippte Sörensen an dem Likör. Soviel er inzwischen wusste, würden ihn ein, zwei Gläschen nicht umbringen und zur Sicherheit befand sich ein Brechmittel in seiner Jackentasche. Trotzdem fühlte er sich mulmig. Nach zwei weiteren Portionen würde Wilken hoffentlich nicht mehr darauf achten, ob er alleine trank.

»Süffig. Etwas süß, aber auch etwas herb. Woraus ist das?«

»Eine besondere Kirschenart. Habe ich von meiner Schwiegermutter.«

Lautes Geschrei drang zu ihnen hoch. Offensichtlich hatte Rocky den Malteser gebissen oder sonst was mit ihm angestellt. Wilken wirkte völlig unbeteiligt.

»Wenn ich son winzigen Köter habe, muss ich eben besser aufpassen«, kommentierte er den Vorfall, ohne einzuschreiten oder sich als Rockys Herrchen zu outen. Stattdessen hielt er Sörensen, dem das in diesem Fall nur recht war, das leere Schnapsglas hin. Wilken stürzte einige Kurze hintereinander hinunter. Vielleicht plagte ihn nun doch ein schlechtes Gewissen, das er mit Alkohol beruhigen wollte. Egal, jedenfalls lief die Sache besser als gedacht.

»So, nun muss ich aber wirklich los«, erklärte Sörensen, als sich die Flasche gut geleert hatte. Wilken sprach mit schwerer Zunge, und er verschwand am besten, ehe sich weitere Symptome zeigten.

Die Nacht und den ganzen nächsten Tag verbrachte Sörensen zwischen Kloschüssel und Bett. Ob sein mieser körperlicher Zustand von der Tollkirsche kam, dem Brechmittel oder einfach von der ungeheuren Anspannung, vermochte er nicht zu sagen. Nur gut, dass seine Frau noch ein paar Tage bei ihren Eltern weilte und nicht mit ihm zurückgekehrt war. Sie hätte bestimmt Fragen gestellt und das hätte er kaum ertragen können.

Erst am übernächsten Morgen ging es ihm besser. Neugierig schlug er den Ostfriesischen Kurier auf und blätterte darin herum. Er musste nicht lange suchen, bis er fündig wurde. Bekannter Norderneyer Geschäftsmann ermordet, las er. Wilken wurde zwar nicht namentlich genannt, aber für Sörensen bestand keinerlei Zweifel, wer sich hinter dem Opfer verbarg. Alle erwähnten Fakten stimmten. Also war sein Plan tatsächlich aufgegangen. Er jubelte schon innerlich auf, da erstarrte er plötzlich. Im letzten Abschnitt wurde der Polizeisprecher zitiert. Demnach verfolgten die Ermittler eine ganz heiße Spur und waren zuversichtlich, den Täter in Kürze zu fassen.

Mit zitternden Händen legte Sörensen die Zeitung zur Seite. Hatte der andere Hundebesitzer ihn etwa genau beschrieben? Hatte er gesehen, dass er mit dem Opfer zusammen getrunken hatte? Hatten Mütze und Friesennerz als Tarnung nicht gereicht? Unzählige Fragen rauschten durch seinen Kopf. Wie lange blieb ein Mörder im Gefängnis? Fünfzehn Jahre? Und wie hielt er das aus? Nein, es war besser, sich zu stellen, ehe man ihn verhaften würde. Dass es so kommen würde, war für Sörensen nur eine Frage der Zeit. Das Motiv! Daran hatte er gar nicht gedacht bei seiner Planung: Er hatte ein Motiv! Wahrscheinlich hatten die Ermittler das längst überprüft. Er musste so schnell wie möglich zur Polizei.

Sörensen riss seine Jacke vom Hacken und hastete in Richtung Knyphausen Straße. Im Flur der Polizeistation wäre er fast mit dem Besitzer des Maltesers zusammengestoßen. Bäche von Schweiß rannen Sörensen den Rücken hinunter. Also hatte der ihn schon ans Messer geliefert. Er hatte es ja geahnt.

»Ich ... ich muss dringend eine Aussage in dem Mordfall Wilken machen«, stotterte er.

»So dringend kann das gar nicht sein«, würgte der uniformierte Beamte ihn ab, der direkt neben dem Hundehalter stand und den Sörensen noch nie zuvor auf der Insel gesehen hatte. »Die genaue Schilderung des Tathergangs geht vor. Das verstehen Sie sicher.«

Schilderung des Tathergangs? Sörensen verstand nichts. Da fiel sein Blick auf die Handschellen, mit denen der Besitzer des Maltesers an den Polizisten gekettet war. Während er seinen Mund wieder zuklappte, verschwanden die beiden hinter der nächsten Tür.

»Okay, der Streit wegen der Hunde ist eskaliert«, hörte Sörensen aus dem hinteren Teil des Flurs. »Ob das Opfer wirklich unglücklich gestürzt ist und sich den Schädel an dem Holzpfahl eingeschlagen hat, wie der mutmaßliche Täter behauptet ... Warten wir also auf den Obduktionsbericht.«

Wie in Trance verließ Sörensen die Wache. Draußen schaute er zum Himmel und lächelte stumm in sich hinein.

Gestohlene Nächte

Der Mond tauchte unser Liebesspiel in silbrig-glänzendes Licht, ließ die Silhouette unserer nackten Körper geradezu mystisch erscheinen. Sanft strich Lucas Atem über meinen Bauch und wanderte tiefer, immer tiefer. Obwohl er eben noch ermattet auf mir gelegen hatte, gönnte er sich keine Pause. Wie ein Klavierspieler fuhren seine Finger über meine elektrisierte Haut, zauberten immer neue, wunderbare Schwingungen hervor. Jede Faser meines erregten Körpers vibrierte ihrer Berührung entgegen. Weiche Lippen liebkosten mich an Stellen, an denen ich sie am meisten ersehnte. Während sie sich zärtlich und zugleich fordernd ihren Weg bahnten, fühlte ich mich auf wunderbare Weise ausgeliefert. Ergeben schloss ich die Augen und genoss verzehrende, unkontrollierbare Lust. Ein kehliger Laut drang aus meinem geöffneten Mund. Langsam, verstörend langsam glitt Lucas Zunge über meine empfindlichste Stelle, kreiste sie ein, zog die Bahn enger, enger, noch enger, bis ich es nicht mehr aushielt. Plötzlich explodierte der Mond und ich wurde eins mit allen Himmelskörpern. Die Wucht der Gefühle übermannte mich wie eine Woge, kraftvoll mitreißend und sanft tragend zugleich.

Zu gerne hätte ich den glückseligen Taumel erhalten, doch ich wusste, dass er sich unweigerlich verflüchtigen würde. Aufgewühlt presste ich mich in Lucas Arm. Während meine Fingerspitzen sich in seinem feuchten Brusthaar verirrten, blickte ich aus dem geöffneten Fenster in den mondhellen Himmel. Warmer Sommerwind strich über unsere nackte Haut, schien ein unsichtbares Band um uns zu schlingen. Als Luca jedoch unheilvoll seufzte, fielen Band und Wärme von mir ab, als hätte ich einen unsichtbaren Mantel abgestreift. Mit einem Mal spürte ich keine Verbundenheit mehr, nicht einmal eine Ahnung davon. Irritiert setzte ich mich auf. Dunkle Wolken verhüllten nun den Mond.

»Du denkst schon wieder an morgen«, stöhnte ich.

»Es gibt so viel zu tun«, erwiderte er eine Spur zu hastig. »Ich muss mich in meiner Position auf der Insel in so viele neue Sachen einarbeiten. Und schließlich war unser Treffen nicht eingeplant.«

»Dafür wundervoll«, wandte ich beinahe trotzig ein.

Vielleicht ertrug ich seine nüchternen Worte nicht, wollte sie übertönen. Nervös fuhr Luca durch sein volles Haar, dann drehte er sich ruckartig zum Nachttisch. Die Bewegung berührte mich beinahe schmerzlich. Fahrig fischte er eine Zigarette aus der

Packung, die neben dem unerbittlich tickenden Wecker lag.

»Du hast doch nichts dagegen?«, fragte er mit fremder Stimme.

»Nein, mich stören ganz andere Dinge.«

»Bitte nicht wieder eine dieser fruchtlosen Diskussionen. Nicht heute. Ich habe jetzt wirklich Wichtigeres im Kopf.«

»Verstehe«, presste ich hervor. »Das muss ich ja immer. Aber warum bist du überhaupt mitgekommen?«

»Ich wollte dich nicht enttäuschen.«

»Soo«, drang es gedehnt aus meinem Mund. »Dabei tust du das pausenlos.«

»Sei nicht unfair«, entgegnete er mit undefinierbarem Unterton. »Schließlich kanntest du meine Situation.«

»Schon gut.« Ja, ich hatte gewusst, worauf ich mich einließ. Zumindest hatte ich geglaubt, es zu wissen. Luca würde nicht ewig auf Norderney bleiben. Er war ja nur als Vertretung auf der Insel. Aber da war diese Hoffnung, dass er mich mitnehmen würde, dass wir beide auf dem Festland neu beginnen konnten.

»Anfangs fandest du unser Geheimnis ganz reizvoll.«

»Leider ist der Reiz schnell verflogen«, erwiderte ich ungewollt heftig.

Warum nur wünschte ich inzwischen, mehr mit Luca zu teilen als gestohlene Nächte? Hinterrücks hatte sich Hoffnung eingeschlichen, ungewollt, unergründlich, dennoch berauschend. Für ihn war ich sogar bereit, meine Heimat zu verlassen, auf das Rauschen des Meeres zu verzichten, auf das Kreischen der Möwen, auf meine Spuren im Sand, auf meine Arbeitsstelle und mein Ehrenamt in der Gemeinde.

»Ich habe dir nie Hoffnungen gemacht«, fuhr er fort, als hätte er meine Gedanken erraten.

»Nein, leider nein.«

»Sei vernünftig«, bat er zwischen zwei gierigen Zügen an seiner Zigarette. »Wir müssen Rücksicht nehmen.« Stoßweise quoll der Rauch aus seinem leicht geöffneten Mund.

»Rücksicht, natürlich.«

Meine Stimme klang resigniert, vielleicht aber auch ein wenig ironisch. Ich sehnte mich nach einer Nacht, auf die ein Morgen folgte; nach Zeit, die nicht gestohlen war; nach Zärtlichkeit ohne Lügen. Manchmal glaubte ich, an dem Versteckspiel zu ersticken. Enttäuscht rückte ich von dem Geliebten ab, starrte schweigend gegen die Decke. Gleich wird er aufstehen, dachte ich, mir einen entschuldigenden Blick zuwerfen und mich verlassen. Ich merkte es an der Art, wie er leise aufstöhnte. Tatsächlich erhob er sich wenige Augenblicke später. Beim Ankleiden sah er mich nicht an, als ob er die Sehnsucht in meinen Augen nicht länger ertragen könnte. Sein dunkler Anzug wirkte wie ein Schutzpanzer. Jetzt würde Luca mich nicht einmal mehr berühren. Sein Mund lächelte verkrampft. Seine Augen lächelten nicht mit. Ernüchtert stieg ich aus dem Bett.

»Wir sehen uns morgen«, verabschiedete sich mein Geliebter in einem Tonfall, der eine Spur zu distanziert klang.

»Dann sind wir aber nicht alleine«, wandte ich ein.

Luca zuckte kaum merklich mit den Schultern und drehte sich zur Tür. Traurig schaute ich ihm nach, wie er mit aufrechtem Gang die Treppe hinunterstieg. Der erhobene Kopf, die korrekte Kleidung, alles an ihm forderte nun Respekt. Den brachte ich ihm gerne entgegen. Nur dann nicht, wenn Verzweiflung mich übermannte, verdrängte Wut in mir hochstieg, sich mit dumpfer Trauer vereinigte. Nachdem ich mich vom Türrahmen gelöst hatte, schlich ich ins Bett zurück. Wehmütig presste ich meinen Kopf gegen das Kissen. Lucas unverwechselbarer Geruch schwebte noch wie eine unsichtbare Wolke über dem weißen Damast. Ein Abschiedsgeschenk, herb und leicht flüchtig. Unruhig wälzte ich mich eine Weile auf dem Laken, dann ergriff mich plötzlich ungeheure Wut. Die Wut steigerte sich, trieb mich aus dem Bett. Luca würde sich niemals für mich entscheiden, das begriff ich in diesem Moment nur zu deutlich, auch dass ich mich damit niemals zufriedengeben würde. Ich war bald vierzig und damit zu alt für eine Nebenrolle, ohne Chance, jemals zur Hauptperson zu avancieren. Entschlossen, diese Kränkung nicht einfach hinzunehmen, zog ich mich an und verließ das Haus.

Prüfend drehte ich mich vor dem Spiegel und musterte das eng anliegende Kostüm, als ob das noch irgendeine Bedeutung hätte. Ein letzter kritischer Blick, dann machte ich mich auf den Weg zu unserer Kirche. Als ich mich auf Sichtweite genähert hatte, begannen meine Beine zu zittern. Ich starrte auf den Backsteinbau mit den hohen spitzen Fenstern, als sähe ich ihn zum ersten Mal. Das Zittern verstärkte sich. Die Tür stand offen. Während ich zu dem großen kubusförmigen Stein lief und meine Finger in das Weihwasser tauchte, überkam mich plötzlich Mitleid mit unserem langjährigen Pfarrer, der immer noch krank war und deshalb vertreten werden musste. Seufzend betrat ich das schlicht gestaltete Kirchenschiff. Alles sah aus wie immer: die schwarzen Stühle, der Altar, die Kanzel, der teilweise offene Dachstuhl mit dem dunklen Gebälk und die in dezenten Farben und Formen gehaltenen Glasbilder vor den Fenstern. Trotzdem wirkte alles auf mich so fremd, selbst der Strauß aus Gerbera und Gräsern, den ich selbst auf den Altar gestellt hatte.

Verstohlen sah ich mich nach Luca um, konnte ihn jedoch nirgendwo entdecken. Ich ließ mich auf einem der Stühle in Türnähe nieder. Heute war ein besonderer Sonntag für diese Kirche, heute würde hier die Eucharistiefeier stattfinden und nicht in der Sommerkirche. Vor allem war es das erste Mal, dass der Vertretungspfarrer hier die Messe lesen würde, und auch … Tief in meine Gedanken versunken, bekam ich meine Umgebung kaum mit. Erst als alle aufstanden, erhob ich mich mit zitternden Knien. Ich setzte mich wie die anderen und folgte dem Gottesdienst mit gemischten Gefühlen. Mechanisch murmelte ich die richtigen Worte an den richtigen Stellen.

Als der Priester die Stufen zur Kanzel bestieg, sahen alle respektvoll auf, nur ich schaute beschämt nach unten und presste meine Nägel in die Handflächen, bis sie schmerzten.

Die Worte echoten mir von den hohen hellen Wänden entgegen. Die Gemeinde hing an den Lippen des

Priesters, weniger wegen der Worte als wegen seines Blickes, wissend und dennoch verständnisvoll. Er drang durch ihr Äußeres hindurch, bahnte sich den Weg in ihre Köpfe, mehr noch in ihre Herzen, rührte sie an, wie es noch keiner vorher vermocht hatte. Auch ich sah nun zu ihm auf, ehrerbietig und voller Sehnsucht. Für den Bruchteil einer Sekunde trafen sich unsere Blicke. Dann schaute er von mir weg, und ich spürte, dass ich richtig gehandelt hatte. Ich könnte mit ihm gehen, aber alles würde von vorn beginnen: Er stünde am Altar untadelig vor seiner Gemeinde und in der ein oder anderen Nacht käme er zu mir. Dass er so häufig seine Stelle gewechselt hatte, sah ich plötzlich in ganz klarem Licht.

Nein, Luca würde sich niemals zu mir bekennen. Und das hatte er von Anfang an gewusst. Deshalb würde er sterben. Wie in Trance stand ich auf und verließ die Kirche, noch ehe er von dem vergifteten Messwein getrunken hatte.

Immer im Dienst

Der breitschultrige Mann hatte seine gescheckte Kappe in Tarnfarben tief in die Stirn gezogen. Verstohlen spähte er den Gang entlang. Als er Willibald Pielkötter und seine Frau Marianne erblickte, huschte er rasch in sein Zimmer. Er schloss die Tür so schnell, dass er nicht mehr sehen konnte, dass sie genau neben ihm wohnten.

Was der wohl davon halten würde, wenn er wüsste, dass ich Kriminalkommissar bin, überlegte Pielkötter und schüttelte über diesen Gedanken den Kopf. Zwar weilte er auf Norderney, um sich zu erholen, aber in gewisser Weise fühlte er sich immer noch im Dienst, zum Leidwesen seiner Frau, die davon ganz und gar nicht begeistert war. Als er während seiner Reha mitgeholfen hatte, ein Verbrechen auf der Insel aufzuklären, war er bei ihr nicht gerade auf viel Verständnis gestoßen. Seufzend betrat er nach Marianne das Pensionszimmer. Der Raum strahlte eine heimelige Atmosphäre aus. Die Wände waren in einem warmen Gelb gestrichen, zu dem die blaugrün gemusterten Vorhänge und Polsterbezüge sehr gut passten.

Pielkötter plumpste in einen der beiden Sessel, die an einem runden Tischchen standen, und streifte die neuen Sandalen von den schmerzenden Füßen. Anstatt sich jedoch über den Fehlkauf zu ärgern, ging ihm das Gesicht des Mannes nicht aus dem Sinn, erst recht nicht sein seltsames Verhalten. Im Laufe seines langjährigen Berufslebens bei der Mordkommission hatte er viele Menschen kennengelernt, die etwas zu verbergen hatten. Und wenn er seinen berüchtigten Spürsinn nicht auf dem Festland zurückgelassen hatte, gehörte dieser Mann, der sich bei ihrem Anblick offensichtlich am liebsten in Luft aufgelöst hätte, mit großer Wahrscheinlichkeit dazu.

»Willibald, woran denkst du?«, fragte Marianne und sah ihn so merkwürdig von der Seite an. Ahnte sie etwa, was in seinem Kopf herumging? Ihr Blick signalisierte: Du bist hier nicht im Dienst!

»Ach, nichts Besonderes«, antwortete Pielkötter, wobei er versuchte, möglichst neutral zu klingen. »Ich überlege gerade, was wir heute Abend bei Gosch essen werden. Meinst du, dass es draußen zu kalt sein wird?« Bei den letzten Worten hatte er sich erhoben, um barfuß auf den Balkon zu schleichen. Für Marianne musste es so aussehen, als habe er vor, die Außentemperatur zu prüfen. Aber eigentlich wollte er einen Blick auf den Nachbarbalkon werfen, dem er bisher keinerlei Beachtung geschenkt hatte.

»Ich denke, wir gehen heute italienisch essen und morgen zu Gosch«, antwortete seine Frau irritiert. »Das ist näher beim Conversationshaus, wo Mandy und Boris auftreten werden. Das Konzert fängt um zwanzig Uhr an, da haben wir nicht viel Zeit.«

»Ach ja, diese Show«, erwiderte Pielkötter ohne Begeisterung. Daran hatte er überhaupt nicht mehr gedacht, und er verspürte genauso wenig Lust, sich die Einlagen dieser beiden Schnulzfiguren anzusehen wie ein Ballett oder eine Oper. Leider fiel ihm hier auf der Insel keine plausible Ausrede ein wie in Duisburg, wo er ganz einfach zu dringenden Ermittlungsarbeiten Zuflucht nehmen konnte. Nun gut, ihm blieben anderthalb Tage, vielleicht würde ihm noch irgendetwas einfallen, ansonsten ...

»Willibald, weißt du, was mich freut?«, platzte Marianne mitten in diesen Gedanken.

»Nein!«, erwiderte er schnell, obwohl er bereits ahnte, was sie ihm mitteilen wollte.

»Also, dass wir mal wieder zusammen ausgehen und nichts, wirklich nichts, dazwischenkommen kann. Ich erinnere mich schon kaum noch daran, wann wir zuletzt in der Oper waren.«

Das ist auch gut so, dachte er, vermied aber, es laut auszusprechen. Stattdessen öffnete er die Tür zum

Balkon. Der war mit zwei Liegestühlen und einem kleinen Tischchen bestückt. Als Sichtschutz zu den Nachbarn diente eine etwa mannshohe Mauer, die zur Brüstung hin recht steil abfiel. Neugierig spähte Pielkötter nach links, wo dieser Mann wohnte, der sich so seltsam benommen hatte. Von dort wehte Zigarettenrauch herüber. Pielkötter trat weiter nach vorne. Jetzt konnte er eine Hand auf dem Geländer erkennen und einen Unterarm mit Tätowierung direkt oberhalb des Handgelenks. Fast lautlos schlich er weiter nach links, um das Kunstwerk genauer in Augenschein zu nehmen. Er handelte rein intuitiv, hätte nicht sagen können, was ihn daran so magisch anzog, und auch nicht, weshalb er es vermied, laut aufzutreten. Aber hätte er sich getraut, ohne Scham die Tätowierung im Detail zu inspizieren, wenn sein Zimmernachbar ihn dabei beobachtet hätte? Sie sah aus wie eine Art Käfer. Vielleicht ein Skarabäus, ein Glücksbringer im alten Ägypten.

Plötzlich löste der Mann die Hand vom Geländer und trat nach hinten, zumindest war von ihm nichts mehr zu sehen. Hatte er ihn etwa aufgeschreckt, obwohl er sich so viel Mühe gegeben hatte, leise zu sein? Pielkötter ging nun ganz nah an die Brüstung heran, beugte sich weit vor. Gut hundert Meter entfernt konnte er ein Stückchen Promenade, den Strand und das Meer sehen. Wie zufällig ließ er den Blick nach links gleiten, aber von seinem Nachbarn entdeckte er keine Spur.

Warum prägte er sich eigentlich immer alle Details ein, als müsse er sie später zu Protokoll geben? Selbst in der Sekunde auf dem Gang hatte er sich die Gesichtszüge des etwa fünfunddreißig- bis vierzigjährigen Mannes eingeprägt. Die breiten hohen Wangenknochen, die recht weit auseinanderstehenden blaugrünen Augen, die schmalen Lippen. Auch an den kurzen Hals konnte er sich erinnern und an die kleine Narbe am Kinn. Nur zu den Zähnen konnte er nichts sagen, aber das lag schlicht daran, dass der Mund des Mannes verschlossen gewesen war.

Gut gelaunt betraten Pielkötter und Marianne am nächsten Morgen den Frühstücksraum. Da sie erst gestern auf Norderney angekommen waren, hatten sie noch keinen festen Platz. Sie wussten nicht einmal, ob in dieser Pension die Plätze reserviert wurden. Es gab etliche freie Tische, sogar noch einen am Fenster. Pielkötter steuerte auf ihn zu und Marianne nickte zustimmend. Sie wollten sich gerade setzen, da erschien plötzlich die Wirtin, Frau Biel.

»Könnten Sie sich bitte woanders hinsetzen«, sagte sie nach einigem Zögern, es schien ihr recht unangenehm zu sein. »Dieser Tisch ist für Herrn Hoffmann reserviert. Vielleicht haben Sie ihn ja schon kennengelernt. Der wohnt links neben Ihnen.«

»Und er heißt Hoffmann?«, fragte Pielkötter irritiert. Dabei hätte er schwören können, dass der Mann aus einem der osteuropäischen Staaten stammte. Das eher breite Gesicht, die hohen Wangenknochen sprachen zumindest für seine Theorie.

»Ja, Michael Hoffmann. Es ist allerdings so ...«

Die Wirtin stockte, schien nach den richtigen Worten zu suchen oder hatte sich noch nicht eindeutig entschieden, ob sie aussprechen sollte, was sie sich überlegt hatte.

»Ach egal, wenn Sie an diesem Tisch sitzen möchten, nehmen Sie ruhig Platz. Eigentlich hat Herr Hoffmann bisher fast immer auf sein Frühstück verzichtet. Vielleicht schläft er morgens sehr gern lange, obwohl ... das Büffet ist ja bis zehn geöffnet. Gestern ist er zum ersten Mal heruntergekommen. Es war schon spät, die anderen Gäste waren längst weg und wir wollten gerade mit dem Abräumen beginnen. Wir haben dann gewartet, wäre aber gar nicht nötig gewesen. Er hat nur zwei Tassen Tee getrunken.«

»Nein, lassen Sie nur«, schaltete sich Marianne ein. »Wir müssen nicht unbedingt einen Tisch am Fenster bekommen. In der Ecke dort hinten unter dem Fischernetz sitzt man bestimmt sehr gemütlich.«

»Ja, da haben Sie Recht.« Die Wirtin schien aufzuatmen. »Ich werde Ihnen diesen Platz sofort reservieren.«

Während des gemeinsamen Frühstücks gab sich Pielkötter eher schweigsam. Immer wieder geisterte der seltsame Zimmernachbar in seinem Kopf herum. Versteckte der sich etwa auf der Insel und hatte sich deshalb mit einem falschen Namen angemeldet?

»Willibald, Frau Biel hat dich gefragt, ob du noch Kaffee möchtest«, fuhr Marianne mitten in seine Überlegung.

»Ja, ja ... bitte gern«, antwortete er, obwohl er eigentlich schon genug Koffein zu sich genommen hatte. Aber es konnte nicht schaden, eine Weile hier sitzen zu bleiben. Mit etwas Glück tauchte der Kerl doch noch auf. Dann würde er zu ihm gehen und ihn um den Salzstreuer bitten – den eigenen hatte er hinter die Kaffeekanne geschoben – und dann nach einem Tipp für einen Fahrradverleih fragen. Pielkötter war äußerst gespannt, ihn sprechen zu hören. Würde er tatsächlich im akzentfreien Deutsch reden, wie der Name Michael

Hoffmann vermuten ließ? Das bezweifelte er. Aber warum war ihm das eigentlich so wichtig? Als ob er geradezu zwanghaft allem auf den Grund gehen müsste. Marianne hatte Recht, es war eine Berufskrankheit.

»Das nächste Mal komme ich im Winter her«, erklärte ein etwas älterer Herr am Nachbartisch einer nur wenig jüngeren Dame.

»Was wollen Sie denn zu dieser Jahreszeit auf Norderney?«, fragte sie skeptisch. »Da ist doch bestimmt kaum was los auf der Insel.« Aha, sie war also nicht seine Partnerin, würde sie ihn sonst siezen? Vielleicht hatte Frau Biel zwei Alleinreisende an einen Tisch gesetzt, in der Hoffnung ... Er sollte aufhören zu kombinieren. Er war nicht im Dienst!

»Haben Sie eine Ahnung«, fuhr der ältere Herr fort. »Direkt nach den Weihnachtstagen heißt es *Winterzauber*. Überall werden die hübschen Stände bereits vor dem Fest abgebaut, nur hier geht es danach erst richtig los. Mit einem tollen Rahmenprogramm. Der ganze Kurplatz verwandelt sich in eine Schlemmermeile. Dort habe ich übrigens den besten Lachs meines Lebens gegessen.«

Pielkötter hörte noch etwas vom Silvesterlauf und einem grandiosen Feuerwerk.

Dann stieß ihn Marianne an. »Vielleicht sollten wir endlich aufbrechen«, bemerkte sie. »Das Wetter ist viel zu schön, um hier drinnen herumzusitzen. Lange frühstücken können wir zu Hause auch.«

Widerwillig erhob er sich. Zwar hatte der Mann sich noch nicht blicken lassen, aber Mariannes Argument hatte er momentan wenig entgegenzusetzen.

Wegen des guten Wetters verbrachten sie den ganzen Tag im Freien. Marianne räkelte sich die meiste Zeit in dem gemieteten Strandkorb und las in dem Krimi »Letztes Bad auf Norderney«. Ihr Korb war einer der letzten am Nordbadestrand, danach gab es erst einmal nur noch Sand, Meer und Dünen. Pielkötter hielt es nicht lange im Sitzen aus. Er sprang immer wieder auf, lief zum Meer und watete bis zu den Knien hinein, um dann eine Weile durch das Wasser nach Westen zu staksen und kehrte am Strand entlang zurück. Er atmete die Seeluft tief ein und versuchte, den unverstellten Blick zum Horizont zu genießen, schaffte es einfach nicht, von seinem Beruf abzuschalten.

Sein Zimmernachbar konnte nicht Michael Hoffmann heißen, das sagte ihm seine Intuition. Ein unauffälliger deutscher Name, der keinerlei besondere Assoziationen weckte und auch nicht im Gedächtnis hängenblieb. Er passte einfach nicht zu dieser Person mit den eher osteuropäischen Gesichtszügen. Was wollte ein Mann mit womöglich falscher Identität auf einer beschaulichen Nordseeinsel? Eine Affäre vertuschen? Nein, denn offensichtlich bewohnte er das Zimmer allein. Eine Bank oder ein Juweliergeschäft überfallen? Unwillig schüttelte Pielkötter den Kopf. Dazu eignete sich eine Insel denkbar schlecht, die man nur mit einer Fähre zu bestimmten Uhrzeiten verlassen konnte. Je länger er darüber nachdachte, desto mehr gelangte er zu der Erkenntnis, dass der Mann hier unerkannt mit jemandem zusammentreffen wollte. Entweder einem Norderneyer oder einer Person, die gerade hier weilte. Die Frage war nur, warum? Als Kommissar der Mordkommission fielen ihm einige Gründe ein, die hoffentlich nicht in Betracht kamen.

Während er sich in Gedanken versunken dem Strandkorb näherte, winkte Marianne.

»Ich könnte ewig hier sitzen bleiben, aber in spätestens einer Stunde müssen wir aufbrechen«, erklärte sie. »Wir haben ja heute Abend etwas vor. Ich bin schon echt gespannt auf Mandy und Boris. Außerdem bekomme ich langsam Hunger.«

Mandy und Boris hatten ihm gerade noch gefehlt. Warum mussten die ausgerechnet in seinem Urlaub auf Norderney auftreten? Hätten die ihre Tournee nicht anders planen können? Einen Auftritt im Ruhrgebiet zum Beispiel? Dann hätte Marianne ihre Show zusammen mit Daniela, ihrer Nachbarin, besucht oder gar nicht. Auf jeden Fall wäre er aus dem Spiel gewesen. Songs nahe an der Grenze zur Schnulze und akrobatische Tanzeinlagen, das war nichts für ihn, aber versprochen war eben versprochen. Zudem würde ein Autogramm des Künstlerpaares das tollste Geschenk zum Fünfzigsten von Daniela sein.

»Ich drehe noch eine kleine Runde«, erklärte er. »Wenn ich zurück bin, brechen wir auf.«

Marianne vertiefte sich wieder in ihr Buch und er lief zum Wasser. Diesmal wandte er sich nach Osten. »Mandy und Boris« brummte er leise vor sich hin. So ein Mist aber auch, dass ihm keine gescheite Ausrede eingefallen war. Er stand kurz davor, zu seiner Frau zurückzukehren, da erregte etwas seine Aufmerksamkeit.

In den Dünen flatterte ein rot-weiß gestreiftes Absperrband. Zwei Köpfe tauchten auf, waren im nächsten Moment schon wieder verschwunden. Obwohl er vielleicht zu spät zum Strandkorb zurückkehren würde und einen Streit mit Marianne riskierte, konnte er nicht anders, als sich der Stelle zu nähern.

Gegen seine Neugier hatte Pielkötter keine Chance. Während er durch den Sand lief, atmete er schwer. Was war dort geschehen? Welcher Anblick würde ihn erwarten?

»Sie dürfen hier nicht weiter«, befahl ein Polizist, den er nicht kannte, als er das Absperrband fast erreicht hatte. Seine Gesichtsfarbe changierte zwischen weiß und grün. »Niemand darf diesen Dünenabschnitt betreten.«

»Was ist denn passiert?«, fragte Pielkötter.

»Ein Hund hat sich von der Leine losgerissen und hier einen Toten ausgebuddelt. Die Besitzerin hat es nicht geschafft, ihn von der Leiche wegzuziehen«, antwortete der junge Polizist und fing sich den tadelnden Blick seines älteren Kollegen ein.

»Zum Glück sind Sie mit dem Tier fertiggeworden.«

»Wie Sie sehen«, erwiderte der ältere Polizist unfreundlich. »Und jetzt entfernen Sie sich bitte. Neugierige, sensationslustige Zuschauer können wir im Moment wirklich nicht gebrauchen.«

»Da schätzen Sie mich aber falsch ein. Ich bin Kriminalhauptkommissar und für Mordfälle zuständig.«

»Aus Aurich oder Wittmund?« Er wirkte sichtlich irritiert. »Warum haben Sie das nicht gleich gesagt?

Ich heiße Carsten Schulte und mein Kollege Daniel Meinhardt.«

»Nein, nein, ich bin Willibald Pielkötter von der Duisburger Kriminalpolizei. Trotzdem könnte es nicht schaden, wenn Sie mich einen Blick auf den Toten werfen lassen.«

Die beiden Polizisten sahen sich einige Sekunden an, dann nickte der ältere und hielt ihm Schutzkleidung hin. »Also gut, aber machen Sie sich auf einen sehr unappetitlichen Anblick gefasst. Das Opfer ...«

Pielkötter ging so weit, bis er freie Sicht auf die Leiche hatte. Ohne die Sandkörner auf Kopf und Körper hätte der Tote sicher noch schrecklicher ausgesehen. Das Gesicht bestand aus einer breiigen Masse. Augen, Nase oder Wangenknochen waren nicht mehr zu erkennen. Und einige Fingerkuppen fehlten. Andere Finger waren bis etwa zur Hälfte abgetrennt. Auf dem Rumpf der Leiche glitzerten Metallplättchen. Soweit er das von seiner Position aus beurteilen konnte, waren sie rund und schimmerten bläulich. Sein Blick wanderte wieder zum Kopf. Die Mundpartie wirkte eingefallen, als ob der Mann keine Zähne mehr hätte.

»Offensichtlich ist es dem Täter sehr wichtig, dass das Opfer nicht identifiziert werden kann«, bemerkte er wie zu sich selbst. Dabei fixierte er den rechten Unterarm des Toten.

»Die fehlenden Fingerkuppen verstehe ich ja«, wandte Schulte ein, der ihn beobachtet hatte. »Aber warum fehlt über dem Handgelenk ein Stückchen Fleisch? Der Hund war das jedenfalls nicht.«

»Ich tippe auf eine Tätowierung, die der Täter unbedingt entfernen wollte«, antwortete Pielkötter, während sich in seinem Kopf die Gedanken überschlugen. Konnte es sich bei dem Toten wirklich um den vermeintlichen Michael Hoffmann handeln? Zumindest befand sich der Skarabäus, den er gestern gesehen hatte, genau an dieser Stelle des rechten Unterarms.

»Vermutlich«, stimmte ihm Schulte zu. »Trotzdem sollten wir keine voreiligen Schlüsse ziehen. Und mir wäre es lieber, Sie gehen jetzt. Die zuständigen Kollegen und die Spurensicherung werden jeden Moment eintreffen, und ich weiß nicht, wie die auf Ihre Anwesenheit reagieren, auch wenn Sie Kriminalkommissar sind.«

»Nun, sollte mir noch etwas einfallen, weiß ich ja, wo ich Sie finde«, erwiderte Pielkötter mit gemischten Gefühlen. »Viel Erfolg dann, die Herren.«

Einerseits ärgerte er sich darüber, dass man ihn auf nicht gerade freundliche Art ausschloss, andererseits wurde es höchste Zeit aufzubrechen und von sich aus hätte er den Dreh wohl nicht bekommen. Marianne wartete bestimmt schon auf ihn. Während er sich entfernte, fiel sein Blick auf etwas Glitzerndes. Er ging in die Hocke, um es genauer zu betrachten. Anscheinend hatte hier jemand eine kleine blaue Paillette verloren. Das Opfer, vermutete Pielkötter, oder sein Mörder. Jeenfalls erinnerte sie ihn an die blinkenden Plättchen auf dem Rumpf der Leiche.

»Wo warst du denn so lange?«, fragte Marianne, als er vor ihrem Strandkorb stand.

Pielkötter zuckte nur mit den Schultern.

»Ich habe mir schon Sorgen gemacht. Mandy und Boris werden mit ihrem Programm wegen uns nicht später anfangen.«

Eilig packten sie ihre Strandutensilien zusammen und machten sich auf den Weg zur Pension. Pielkötter überlegte ununterbrochen, wie er in Erfahrung bringen konnte, ob Michael Hoffmann noch lebte. Kurz bevor sie ihr Ziel erreichten, hatte er endlich eine Idee. Er betrat mit Marianne das Zimmer, schnappte sich das schicke Feuerzeug mit Metallhülle, das er gestern auf dem Gehsteig gefunden hatte, und lief zurück zur Tür.

»Mach dich ruhig schon fertig«, sagte er seiner verdutzten Frau. »Ich klopfe eben bei unserem Nachbarn an, und frage, ob ihm das Ding gehört.« Dabei hob er das Feuerzeug in die Höhe.

Ehe sie darauf antworten konnte, war er bereits draußen. Er hielt die Luft an und hämmerte gegen die Tür. Vergeblich. Pielkötter versuchte es erneut. »Herr Hoffmann, ich habe hier etwas für Sie.« Pielkötter redete sich erfolglos ein, dass die fehlende Reaktion noch nichts zu bedeuten habe. Vielleicht wollte der Mann nicht gestört werden oder er war einfach außer Haus. Trotzdem ließ es ihm keine Ruhe, er musste etwas tun. Mit einer fahrigen Handbewegung fuhr er sich über die Stirn, dann stürmte er die Treppen hinunter zur Anmeldung und betätigte die Klingel.

»Wissen Sie, wo ich Herrn Hoffmann finde?«, fragte er, als Frau Biel erschien. »Er hat etwas verloren.«

»Tut mir leid, ich habe Herrn Hoffmann seit gestern Nachmittag nicht mehr gesehen. Und ...« Sie schien zu überlegen, ob sie weitere Informationen preisgeben durfte. Pielkötter nickte ihr aufmunternd zu. Er wollte schon hinterherschicken, wie wichtig die Angelegenheit sei, da fuhr sie fort. »Also ... ich bin nicht einmal sicher, dass er die Nacht hier verbracht hat. Zumindest war sein Bett heute Morgen gemacht.« Sie seufzte.

»Natürlich kann er das Laken auch selbst glattgezogen und die Kissen aufgeschüttelt haben.«

»Aber sonst hat er das nicht getan?«

»Nun, das weiß ich nicht. Frau Tolsten ist normalerweise für die Zimmer zuständig. Nur heute hat sie ihren freien Tag.«

»Okay, aber vielen Dank schon mal. Und wenn Sie ...«

»Ja, Ja«, unterbrach sie ihn. »Sobald ich Herrn Hoffmann sehe, gebe ich Ihnen Bescheid.«

Pielkötter lächelte noch einmal in ihre Richtung, dann hastete er in die erste Etage. In seinem Kopf rotierten die Gedanken. Sollte er jetzt schon die Norderneyer Polizei einschalten, zumindest Arne Dirksen? Bisher war alles, was er sich da zusammenreimte, nichts als ein vager Verdacht. Und ihm war nicht daran gelegen, den netten Dirksen mit einer voreiligen Schlussfolgerung zu konfrontieren oder sich vor Carsten Schulte und Daniel Weinhardt lächerlich zu machen, erst recht nicht vor den Kollegen aus Aurich oder Wittmund.

Für das Abendessen bei Gosch blieb nicht viel Zeit, was Pielkötter sehr entgegenkam. Er sehnte den Aufbruch förmlich herbei, mochte nicht länger draußen unter dem Vordach sitzen, auch wenn die milden

Temperaturen dazu einluden. Das Gespräch stockte einfach zu oft und er gab sich selbst die Schuld daran. In seinem Kopf geisterte der Tote in den Dünen herum und damit befand er sich mitten in einem Dilemma. Entweder ließ er Marianne Anteil haben an seinem Verdacht und riskierte einen Streit oder die Unterhaltung würde ziemlich einsilbig bleiben. Du hast hier schon einmal mitgeholfen, ein Verbrechen aufzuklären, und das sollte keinesfalls zur Gewohnheit werden, hörte er Marianne im Geiste stöhnen. In unserem Urlaub wollten wir abschalten und endlich nur Zeit füreinander haben. Leider hatte sie damit vollkommen Recht.

Der Weg von Gosch zum Conversationshaus dauerte kaum zwei Minuten. Pielkötter verspürte nach wie vor nicht die geringste Lust, sich dieses Gesinge und Gehopse mit Mandy und Boris anzusehen. Doch es würde ja nicht auffallen, wenn er geistig ganz woanders weilte als seine Frau. Kaum hörbar seufzend betrat er den Konzertsaal.

Die Verrenkungen auf der Bühne waren wirklich nichts für ihn. Den Gesang fand er allerdings noch schlimmer. Mandy ging zwar halbwegs, aber dieser Boris hatte nicht einmal seinen Akzent abgelegt. Wahrscheinlich kultivierte er den sogar, als Markenzeichen und vor allem, weil das manche Fans schier in den Wahnsinn zu treiben schien. Pielkötter schaute zu Marianne hinüber. Wenigstens stand ihr die Begeisterung auch nicht ins Gesicht geschrieben.

Endlich war die Show vorbei, der Applaus ebbte ab und seine Frau drehte sich zu ihm um. Sie lächelte. »Lieb von dir, dass du es einfach ausgehalten hast. Bis zum letzten Augenblick habe ich befürchtet, du würdest eine Ausrede erfinden.« Während er leise seufzte, knuffte sie ihn zärtlich. »Aber jetzt muss ich leider noch mal nach vorn. So eine Autogrammkarte wäre für Daniela wirklich der Hammer als Geburtstagsgeschenk.«

»Okay«, erwiderte er. »Ich warte am Eingang«.

Pielkötter platzierte sich im Vorraum neben einem der Strandkörbe. Er überlegte gerade, dass er sich morgen auf der Wache melden würde, sollte Hoffmann bis dahin nicht in Erscheinung getreten sein, da tauchte Marianne auf. In den Händen hielt sie ein Autogramm und strahlte.

»Es hat geklappt, ich bin sogar bis zum Garderobenraum der beiden durchgedrungen.«

Pielkötter wollte sie gerade umarmen, da fiel sein Blick auf ihr lachsfarbenes Kleid. Er kniff die Augen zusammen. Was war das? Solche glitzernden blauen

Pailletten in der Nähe des Dekolletés hatte er heute schon einmal gesehen, allerdings nicht auf diesem hellen Leinenkleid. Mit angehaltenem Atem fingerte er ein frisches Papiertaschentuch aus seiner Hose und entfernte die blinkenden Plättchen vom Stoff. Vorsichtig verstaute er sie samt Taschentuch in seiner Jacke. Während er sein Handy hervorzog und Marianne ihn entgeistert anschaute, stand für ihn fest, dass sein Zimmernachbar niemals Michael Hoffmann geheißen hatte und dass er auf grausame Art ermordet worden war. Mit entschlossener Miene wählte er die Nummer der Polizei.

»Hauptkommissar Pielkötter hier«, meldete er sich. »Ich denke, ich habe gerade eine Spur entdeckt, die zu dem Opfer in den Dünen führt.«

Die Wirtin

Ich bin gerne Wirtin und froh, dass ich nicht mehr in der Apotheke arbeiten muss. Sie glauben gar nicht, was man da Unappetitliches zu hören und zu sehen bekommt. Egal, ob jemand unter Pilz an intimen Stellen, unter Würmern oder Läusen leidet, alle laufen sie in einer Apotheke auf. Und ich musste sie alle bedienen. Ein Arzt dagegen kann sich vorher überlegen, welche Krankheiten er nicht behandeln möchte. Also, wenn er keine Würmer mag, wird er zum Beispiel Orthopäde oder Augenarzt.

Wie gesagt, ich bin gerne Wirtin, ganz besonders hier auf Norderney. Mein Haus steht ganz weit im Osten. Vielleicht kennen sie das Jugend- und Gästehaus Detmold? Je nachdem, welche Gruppen oder Schulklassen die dort beherbergen, ist da ganz schön was los, aber davon bekomme ich zum Glück auf meinem Grundstück nichts mit. Und noch weiter stadtauswärts gibt es praktisch nur noch Dünen. Ich liebe die Insel, diese ruhige Lage und meistens auch meine Gäste. Nur ... also, seit sich diese junge Frau mit dem seltsamen Blick bei mir einquartiert hat, verändert sich langsam mein beschauliches Leben. Manchmal bekomme ich richtige Angst.

Abgesehen von den ersten Tagen – und das ist bald zwei Wochen her – hat die Frau ihr Zimmer nicht mehr verlassen. Nicht einmal mehr zum Strand ist sie gegangen! Sie hat sich kein Fahrrad geliehen, sich für keine der kulturellen Veranstaltungen im Conversationshaus interessiert. Inzwischen glaube ich, dass etwas Dubioses, wenn nicht gar ein Verbrechen dahintersteckt.

Am Anfang hat sie mal erzählt, sie sei aus einer Beziehung geflüchtet und niemand solle erfahren, dass sie auf der Insel ist. Vielleicht halten Sie meine Angst für übertrieben, aber die hat nicht einmal ein Smartphone, hat nicht gleich wie viele andere Gäste nach einem Internetanschluss gefragt. Vielleicht will sie nicht geortet werden, oder wie man das nennt. Jetzt kommen Sie mir nicht damit, sie wolle einfach nur entspannen. Ich bitte Sie, in dem Alter, das ist doch oberfaul.

Okay, im Moment ist sie krank. Jedenfalls liegt sie Tag und Nacht im Bett und steht nur auf, um zur Toilette zu gehen. Und wie die läuft. Eigentlich kann man das kaum noch *laufen* nennen. Sie schleicht eher. Dabei hält sie sich an der Wand und den Möbeln fest, als fiele sie sonst um. Die steht unter Drogen! Man braucht ihr doch nur in ihre glasigen Augen zu schauen. Und ich habe den ganz starken Verdacht, dass sie schon einmal mit dem Gesetz in Konflikt geraten ist, wahrscheinlich sogar im Gefängnis gesessen hat. Womöglich ist sie von dort geflohen und deshalb darf niemand wissen, dass sie bei mir wohnt.

Jetzt fragen Sie sich bestimmt, warum ich nicht die Polizei einschalte. Natürlich habe ich auch schon darüber nachgedacht, aber in gewisser Weise tut mir die Frau einfach leid. Zudem würde ich mich lächerlich machen, wenn meine Vermutung nicht stimmt. Und nicht zuletzt ginge das gegen meine Ehre als Wirtin. Ich kann doch meine Gäste nicht leichtfertig ausliefern. Nein, ehe ich keine handfesten Beweise besitze, warte ich erst einmal ab.

Möglicherweise kommt nach und nach alles von selbst heraus. Vorgestern zum Beispiel, als ich ihr das Essen brachte, hat sie mich aus wirren Augen angesehen und gefragt, wann sie entlassen werde. Stellen Sie sich das vor: ENTLASSEN hat sie wörtlich gesagt. Das hört sich doch fast schon nach einem Geständnis an. Ich brauche einfach noch etwas Geduld. Und diese Angst, dass in meinem schönen Haus etwas Schlimmes geschehen könnte, befällt mich ja nur sporadisch. So lange sie so schwach ist, kann mir eigentlich nichts passieren. Und anderen Gästen erst recht nicht.

Eine Woche nachdem die junge Frau bei mir eingezogen ist, haben sich die letzten Gäste verabschiedet. Ein Ehepaar aus Nürnberg. Er pensionierter Finanzbeamter und sie Lehrerin, nun ja, ein wenig seltsam die beiden, kaum mehr als einen kurzen, mit säuerlicher Miene vorgebrachten Gruß auf den Lippen, aber ordentlich, sehr ordentlich. Das Wäschefach hätten Sie mal sehen sollen. Jeder Schlüpfer, so etwas von akkurat gefaltet. Alles genau auf Maß. Solch eine Ordnung bekomme ich wirklich selten zu Gesicht, obwohl ich ja schon viele Gäste beherbergt habe, meistens eher die chaotischen Kandidaten.

Nach diesem sterilen akkuraten Pärchen habe ich niemanden mehr aufgenommen und die Reservierungen alle abgesagt. Das hat keinen Ärger gegeben – wer will schon gern in einem Haus mit Bettwanzen wohnen. Sogar die Anzahlungen habe ich zurückerstattet. Die Idee mit den Bettwanzen ist mir durch eine Fernsehsendung über diese Tierchen gekommen. Offensichtlich sind die auf dem Vormarsch und am Frankfurter Flughafen kann man bei der Heimkehr sogar sein Gepäck von einem darauf spezialisierten Hund abschnüffeln lassen. Aber jetzt schweife ich ab.

Weil sich die Saison sowieso dem Ende zuneigt, hält sich mein Verlust in Grenzen. Und selbst wenn es anders wäre ... Also, den Anblick der jungen Frau, sollte sie doch einmal ihr Zimmer verlassen, kann ich anderen Gästen einfach nicht zumuten. Muss ich auch nicht. Die Frau zahlt nämlich gut, sehr gut sogar. Das war von Anfang an praktisch so eine Art Deal zwischen uns. Sie habe genug Geld, um länger bei mir zu bleiben, hat sie erklärt. Um ein gewisses Vertrauen zu schaffen, hat sie mir sogar ein ganzes Bündel Hunderter als Anzahlung in die Hand gedrückt. Im Nachhinein frage ich mich natürlich, was die im Knast eigentlich gelernt hat. Wie kann man nur so vertrauensselig sein? Wenn ich jetzt anders gestrickt wäre, hätte ich ja auf wer weiß welche Gedanken kommen können.

Die Frau ist eben seltsam und leider auch unberechenbar. Heute Mittag zum Beispiel, da erklärt sie plötzlich: *Ich will hier raus.* Dabei hat sie zwei Schritte auf mich zugemacht mit Augen, die fast nur aus Pupillen bestanden.

Der Teller mit der Scholle hat richtig in meiner Hand gezittert. Ich habe ihn schnell hingestellt und bin sofort aus dem Zimmer gestürmt. Aus Angst, sie könne mich verfolgen, habe ich sogar die Tür hinter mir abgeschlossen.

Mittlerweile bin ich auf alles vorbereitet. Okay, *mittlerweile* trifft die Sache nicht ganz. Eigentlich bin ich schon am dritten Tag stutzig geworden. Nach dem

Frühstück ist sie mit einer Badetasche an mir vorbei-
gelaufen. Ich erinnere mich noch genau an diesen
Morgen, an den blauen Himmel, die strahlende
Sonne und an ihren freundlichen Gruß. Ich habe ihr
hinterhergesehen, wie sie in einem figurbetonten
Strandkleid in Richtung Strand gewackelt ist. Als sie
weit genug entfernt war, habe ich mich in ihr Zimmer
geschlichen und in ihrem Schrank nachgesehen.
Schließlich trage ich Verantwortung, für mein Haus
und für die anderen Gäste. Denken Sie nur an den hohen Vorschuss. Das musste mir doch super verdächtig
erscheinen, und dann die Andeutung, dass niemand
ihren Aufenthaltsort kennen dürfe.

Während ich die Schranktür geöffnet und ihr Wäschefach inspiziert habe, hat das Blut vor Aufregung nur
so in meinen Adern pulsiert. Vergeblich. Nichts, da
war einfach nichts, nur Slips, Pullis und Büstenhalter.
Ich wollte schon enttäuscht aus dem Zimmer verschwinden, da fiel mein Blick auf die Kommode schräg
gegenüber. Von diesem Moment an wusste ich einfach, was ich finden würde. Und richtig, ganz unten
lag eine bunte Plastiktüte mit Geld. So viele Scheine
auf einmal hatte ich in meinem Leben noch nicht gesehen. Schon während ich die Schublade verschloss, reifte in mir ein Plan.

Seufzend blicke ich zur Uhr. Seit ich die junge Frau mit der Scholle eingeschlossen habe, sind zwei Stunden vergangen. So langsam kann ich wieder riskieren, in ihr Zimmer zu gehen. Sofern nicht alles aus dem Ruder läuft, hat sie brav gegessen und liegt nun völlig apathisch auf ihrem Bett. Wie gesagt, ich bin gerne Wirtin, aber manchmal ekelt es mich einfach an, in fremden Sachen herumwühlen zu müssen. Man muss wissen, wann es besser für einen ist, aus einem Beruf auszusteigen, genau wie damals in der Apotheke, nachdem aufzufallen drohte, dass ich heimlich Betäubungsmittel abgezweigt habe.

Und ich möchte auch gerne einmal verreisen, mich verwöhnen lassen in teuren Hotels. Und was soll ich Ihnen sagen? Mein Wunschtraum rückt in greifbare Nähe. In den letzten Tagen habe ich in dem sandigen Boden auf meinem Grundstück, das an die Dünen grenzt, eine neue Grube für Gartenabfälle ausgehoben. Nun brauche ich nur noch die Dosis in ihrem Essen zu erhöhen. Dann ist die so zugedröhnt, dass die nicht merken wird, wenn die erste Schaufel Sand auf ihr landet. Weiter leiden lassen will ich sie schließlich nicht.

Die letzte Teestunde

Annamaria Kürten stand in der ersten Etage ihres Hauses in der Siedlung Nordhelm nordöstlich der Stadt und starrte aus dem Giebelfenster, das einzige Fenster, aus dem man aufs Meer hinausblicken konnte. Sehnsuchtsvoll schaute sie einem Fischkutter hinterher, der seine Netze noch nicht zu Wasser gelassen hatte, vielleicht auch nicht mehr in die Fluten senken würde. Heute war die See so rau wie in jener Nacht vor mehr als drei Jahren, als man sich besser nicht aufs offene Meer hinausgewagt hätte.

Warum waren ihre Wünsche niemals in Erfüllung gegangen? Zumindest nicht für längere Zeit? Mit wie vielen Träumen war sie nach Norderney gezogen. Der Mann, dessen Charme sie vollkommen erlegen war, wohnte ja auf der Insel. Sie hatte Jan im Urlaub in dem legendären Kings Club von Tante Jens kennengelernt. Bei der zweiten Gesangseinlage des Wirtes hatten sie sich zum ersten Mal geküsst. Und dabei war es nicht geblieben. Die folgenden Nächte hatten sie durchgefeiert, sich bei Sonnenaufgang in den Dünen geliebt. In Decken gehüllt, die er seltsamerweise plötzlich aus einem Rucksack hervorgezaubert hatte. Für einen kurzen Moment verzog sich ihr Mund zu einem Lächeln, dann wurde ihre Miene wieder ernst. Natürlich hatte es vorher Männer in ihrem Leben gegeben, aber keinen wie Jan.

Drei Monate später hatte sie ihre Arbeitsstelle aufgegeben, ihre Wohnung in Mülheim an der Ruhr gekündigt, sich tränenreich von vertrauten Menschen verabschiedet und war in dieses Haus gezogen. Jan hatte es von seinen Eltern geerbt.

Nach zwanzig Ehejahren dann sein plötzlicher Tod. Alles aus. Von einem Tag auf den anderen. Seitdem lebte sie hier zurückgezogen. Anfangs hatte sie überlegt, in ihre alte Heimat zurückzukehren, aber in gewisser Weise liebte sie das Alleinsein, auch wenn es zuweilen auf ihr lastete wie ein Sack voller Probleme, für die es absolut keine Lösung gab. Annamaria hatte nie wirklich versucht, sich zu integrieren, wusste nicht einmal, ob das schwierig geworden wäre, was sie den alteingesessenen Insulanern nicht verübelt hätte. Nach Jans Tod hatten einige versucht, die Barrieren zu durchbrechen. Sie hatte es nicht zugelassen.

Worte für eine Witwe fielen immer besonders schwer, wenn es keinen echten Trost gab. Sätze wie »Jetzt muss er nicht mehr leiden« oder »Ihm sind starke Schmerzen erspart geblieben«, passten nicht für einen, den das Meer einfach mitten aus dem prallen

Leben heraus verschlungen hatte. *Unerwartet*, nur das traf zu. Es hatte keine Vorwarnung gegeben, keine Anzeichen, keine Krankheit. Nur Überraschung, Entsetzen, Trostlosigkeit. Wie sehr hatte sie Jan geliebt. Jan, für den sie so vieles aufgegeben hatte, auch kleinere Dinge, die ihr zunächst nicht so wichtig erschienen waren. Die vertrauten Gesichter in ihrem Stammlokal, ihre Mädels aus dem Tennisverein, die nette Bedienung beim Italiener um die Ecke, ein kurzes *Tach* statt *Moin*, selbst die mit Schadstoffen geschwängerte Luft.

Annamaria seufzte. Als werte sie das als Startsignal, wandte sie sich vom Fenster ab. Es wurde Zeit für den Tee. Wie oft hatte sie dieses Ritual zusammen mit ihrem Mann zelebriert. Drei Kekse zu zwei Tassen mit Milch ohne Kluntjes für Jan und zwei Kekse zu einer Tasse gesüßtem Earl Grey für sie selbst. Zu besonderen Anlässen hatte es Kuchen gegeben. Die Teestunde war ihrem Mann immer sehr wichtig gewesen.

Tief in ihre Gedanken versunken stieg sie die Treppe nach unten. Im Vorbeigehen streifte ihr Blick die Gemälde an der Wand, alle drei in düsteren Farben, alle drei mit demselben, nur leicht abgewandelten Motiv. Ein fast schwarzer Himmel über dunkelblauem, tosendem Meer. Ein helles Segelboot, der einzige

Farbklecks, ungefähr in der Mitte als Spielball der Wellen. Annamaria hatte die Bilder selbst gemalt. Vielleicht war es ihre Art, Jans Tod zu verarbeiten. Zumindest hatte sie kurz danach wieder mit dem Malen angefangen.

An der Tür zur Stube blieb sie stehen und schaute zu dem viereckigen antiken Holztisch mit der graugelben Leinendecke und den beiden Platzdeckchen mit dem Stadtwappen von Norderney. Das schwarze Kap, Wahrzeichen der Insel, auf einer silbernen Düne, darunter das blaue Meer. Jan hatte sich gerne damit gebrüstet, ein entfernter Verwandter des Inselmalers Poppe Folkerts zu sein. Der Künstler hatte das Wappen entworfen.

Zur Feier des Tages hatte sie für zwei Personen gedeckt und sogar Kuchen gebacken. Bienenstich, den hatte Jan immer besonders gerne gemocht. Seit seinem Tod gab es keinen mehr zum Tee, nur einmal im Jahr an ihrem Hochzeitstag. Inzwischen zählte sie den dritten ohne ihn. Als Annamaria sich auf einen der vier Stühle mit dickem rotem Polster und aufwendig gedrechselten Beinen niederließ, wirkte ihre Miene feierlich. Sie goss Tee ein und nahm mit einer silbernen kleinen Zange, ebenso ein Erbstück von der Schwiegermutter wie die antiken Möbel, zwei

Kluntjes. Verträumt rührte sie in ihrer Tasse herum. Plötzlich hob Annamaria sie in die Höhe, lächelte in Richtung eines imaginären Gegenübers, als säße dort ihr verstorbener Gatte.

Sie hatte gerade ein Stück Kuchen auf ihrem Teller platziert, da ertönte die Türglocke. Ding-Ding-Dong, sie mochte den Ton, dennoch zuckte sie unwillkürlich zusammen. Wer konnte das ein?

Fast geräuschlos lief sie zum Wohnzimmerfenster. Von hier aus überblickte man den Eingangsbereich und sie erkannte den Nachbarn von gegenüber. Johannes Trautwein war kurz vor Jans Tod mit seiner kränkelnden Frau nach Norderney gezogen. So weit Annamaria vom Hörensagen wusste, hatte er mit fünfzig sein Geschäft verkauft, um mit Clara gemeinsam noch ein paar schöne Jahre auf der Insel zu verbringen. So die offizielle Version. Annamaria waren daran jedoch erhebliche Zweifel gekommen, nachdem sie zufällig einen heftigen Streit des Ehepaares im Vorgarten mitbekommen hatte. Clara Trautwein hatte ihren Mann angekeift, dass er ein elender Versager sei, der die Firma ihres Vaters ... Weil die beiden im Haus verschwunden waren, hatte Annamaria den Rest nicht hören können.

Im Laufe der Zeit hatte sich der Eindruck, dass die Ehe der neuen Nachbarn nicht besonders glücklich war, noch verstärkt. Trotzdem hatte sie immer stärker den Wunsch verspürt, mit den Trautweins Bekanntschaft zu schließen. Immerhin hatten sie ihre alte Heimat ebenso verlassen wie sie selbst, um auf Norderney zu leben, wenn auch wahrscheinlich aus ganz anderen Gründen. Vielleicht liebten sie die frische Brise und die Nähe des rauen Meeres. Vielleicht hatten sie auch in den Urlauben auf der Insel die glücklichste Zeit ihrer Ehe erlebt.

Jan hatte engeren Kontakt verhindert. Er hatte etwas gegen Johannes Trautwein, obwohl er nicht genau erklären konnte, was. Mal hatte er nicht zurückgegrüßt, mal finster dreingeschaut, mal hatte er seine Mülltonne zu lange auf dem Gehweg vor dem Haus stehen lassen oder den Rasen in der Mittagspause gemäht. Zuweilen jedoch beschlich Annamaria der Gedanke, dass Jan den Nachbarn von früher her kannte. Nach der Beerdigung seiner Frau, zu der sie alleine mitgegangen war, hatte sie Jan sogar direkt auf ihren Verdacht angesprochen. Er hatte das zwar verneint, aber dabei ganz seltsam geklungen und den Blickkontakt zu ihr hatte er auch vermieden. Anschließend hatte er sich unter irgendeinem Vorwand in den Keller verzogen. Nun war Jan genauso tot wie die Nachbarin.

Das Ding-Ding-Dong der Klingel ertönte erneut und riss sie aus ihren Erinnerungen. Sollte sie sich wirklich anhören, was der Nachbar wollte? Sie eilte zur Tür. Als Annamaria sie öffnete, wehte heftiger Wind herein.

»Grüß Gott, Frau Kürten«, begann Johannes Trautwein. Er wirkte beunruhigt. Das hiesige *Moin* kam ihm in der Aufregung anscheinend nicht über die Lippen und er verfiel automatisch in seinen Heimatdialekt. Dass er nervös war, merkte man auch an dem Vibrieren seiner Stimme und dem hektischen Kneten seiner Hände. »Ich habe mich ausgeschlossen. Und das gerade jetzt.« Dabei schaute er zu den dicken dunklen Wolken am Himmel, die mit hoher Geschwindigkeit über die Insel zogen und nichts Gutes verhießen.

»Und nun brauchen Sie Werkzeug«, erwiderte Annamaria. »Aber kommen Sie erst einmal ins Haus. Es herrscht wahrlich kein Wetter, bei dem man sich länger draußen aufhalten möchte.«

»Genau. Deshalb wäre es nett, ich dürfte hier warten, bis der Schlüsseldienst kommt. Von Ihrem Fenster aus kann man doch den Eingangsbereich sehen.«

Annamaria fragte sich, warum der Schlüsseldienst ihn nicht auf dem Handy anrief, aber wahrscheinlich befand es sich im Haus, ehe ihm die Tür ins Schloss gefallen war. Er hatte ja nicht geplant, sich auszusperren.

»Oh, Sie erwarten Besuch«, bemerkte er, nachdem sie ihn ins Wohnzimmer geführt hatte. Klang das etwa enttäuscht oder bildete sie sich das nur ein?

»Ja ... also, eigentlich«, stotterte sie. »Nun, der Besuch ist leider verhindert.« Kaum hatte sie das ausgesprochen, fand sie die Formulierung grotesk, aber sie schob diesen Gedanken schnell beiseite. »Setzen Sie sich doch«, forderte sie Johannes Trautwein auf. »Ich hoffe, Sie mögen Tee? Vielleicht auch ein Stückchen Bienenstich?«

»Ja gern. Ich liebe Kuchen. Bin einer von den Geschleckerten, wie man in Bayern so schön sagt.« Dabei lächelte er sie in einer so charmanten Art an, wie sie es seit der Anfangszeit mit Jan nicht mehr erlebt hatte. Sie bediente ihn. Sein Lächeln blieb.

Während er den Bienenstich kostete, betrachtete sie ihn verstohlen. Sein braunes Haar war immer noch recht voll und nur an wenigen Stellen von grauen Strähnen durchzogen. Der schlanke Körper wirkte durchtrainiert. Kein Wunder, sie hatte ihn schon öfter joggen sehen. Nur die vielen kleinen Falten um die Augenpartie verrieten in etwa sein Alter. Seltsamerweise hatte sie sich bisher nie darüber Gedanken gemacht, dass ihr Nachbar eine attraktive Erscheinung war. Nicht vor Jans Tod, und danach war der seelische Schmerz zu groß gewesen, um das Bedürfnis nach einem männlichen Wesen zu verspüren, der ihr Innerstes aufzuwühlen vermochte.

»Haben Sie nie daran gedacht, wieder in Ihre alte Heimat zurückzukehren?«, fragte Johannes Trautwein. Während sie überlegte, was sie ihm darauf antworten sollte, ließ er sich ein Stück vom Kuchen genussvoll auf der Zunge zergehen. »Der schmeckt fantastisch«, lobte er sie und gab ihr noch etwas Zeit.

»Natürlich habe ich nach Jans Tod auch eine Weile mit dem Gedanken gespielt, von hier fortzuziehen, aber wie drücke ich das jetzt am besten aus ...« Annamaria strich sich eine vorwitzige Locke nach hinten. »Ich liebe Norderney, den Blick in die Ferne bis zum Horizont. Die Insel bietet so viel auf engstem Raum. Man findet stille Plätze am Strand und in den Dünen und ist doch nicht so weit vom geschäftigen Treiben in der Fußgängerzone.« Sie rückte ihre modische Brille mit den zweifarbigen Bügeln zurecht. Ihre Zunge glitt über ihre Lippen, die sie heute leider nicht geschminkt hatte. Warum auch? Sie hatte nicht vorgehabt, bei dem Sturm aus dem Haus zu gehen. »Hier wird jedes Bedürfnis gestillt«, fuhr sie fort. »Fast jedes.«

»Sie sprechen die innere Einsamkeit an.« Es klang eher wie eine Feststellung als wie eine Frage. Dabei sah er ihr direkt in die blaugrünen Augen. »Ich kenne das leider.«

»Trotzdem sind auch Sie auf der Insel geblieben.«

»Warum?« Er zuckte mehrmals mit den Schultern. »Zuweilen kennt man sich mit den eigenen Gefühlen nicht aus.«

In diesem kurzen Satz lag so viel Wahrheit, dass sie es kaum ertragen konnte. »Manchmal wird man auch zu ihrem Sklaven«, sagte sie eher zu sich selbst.

»Sie meinen die Trauer. Verzeihen Sie, wenn ich das so offen anspreche.«

»Ja, dabei liegt es über drei Jahre zurück.«

»Es muss besonders schlimm sein, keine Gewissheit zu haben. Nicht genau zu wissen, an welchem Ort man trauern kann. Allerdings ...« Er stockte, schien zu überlegen, ob er wirklich preisgeben durfte, was er ihr erklären wollte. »Nun, ehrlich gesagt, fühle ich mich am Grab meiner Frau nicht recht wohl.«

»Sein Boot wurde bis heute nicht gefunden«, ging sie nicht darauf ein. »Aber offiziell wurde Jan inzwischen für tot erklärt. Und ich weiß, dass er tot ist. Dieses Gefühl irrt nicht.«

»Das glaube ich Ihnen.«

Sie schwiegen eine Weile. Während sie Tee nachschenkte, um ihre Unsicherheit zu kaschieren, berührte er wie zufällig Annamarias Hand. Ihr fiel der Schlüsseldienst ein, und sie hoffte, dass er so schnell nicht kommen würde.

»Wir haben noch gar nicht aus dem Fenster geschaut«, sprudelte es aus Annamaria heraus, obwohl sie ihn doch lieber nicht daran erinnern wollte. Warum störte sie diesen Moment stummer Übereinkunft? Aus Angst vor neuer Enttäuschung?

»Ich habe einen Zettel halb unter den Türritz geschoben«, unterbrach er ihre Gedanken. »Darauf steht, dass der Schlüsseldienst bei Ihnen klingeln soll. Mein Smartphone liegt leider im Haus, sonst wäre alles einfacher gewesen.«

»Mögen Sie noch ein Stück Bienenstich?«

»Ja, gerne.«

Johannes Trautwein hatte es kaum ausgesprochen, da ertönte das vertraute, zuweilen nervende Ding-Ding-Dong. Schade, dachte sie und erhob sich zögernd. Er folgte ihr in die Diele.

»Vielleicht darf ich morgen wiederkommen. Ich hoffe, Ihr Angebot mit dem Kuchen gilt dann noch?«

»Oder wir setzen die Teestunde fort, sobald der Schlüsseldienst Ihnen aufgeschlossen hat.«

Während er zustimmend nickte, erschien auf seinem Gesicht ein breites Lächeln.

Johannes Trautwein kam nach einer halben Stunde mit einer Flasche Wein zurück und sie plauderten bis zum späten Abend. Erstaunlich, wie viele Gemeinsamkeiten sie entdeckten. Das Interesse an Bildern und der Kunst überhaupt, nicht zuletzt die Strategien, mit der Einsamkeit umzugehen. Beim Abschied strich er über ihr Haar und seine Lippen streiften ihre Stirn. Sein Mund wanderte tiefer, aber dann trat Johannes Trautwein ruckartig einen Schritt zurück, als hege er plötzlich Skrupel. Dabei hätte Annamaria nichts gegen einen innigen Kuss gehabt, im Gegenteil. Wohlige Wärme erfüllte sie, ein Gefühl, das sie seit ... nein, nicht erst seit Jans Tod, sondern viel länger vermisst hatte. Eigentlich seit ... Ihr Lächeln schien zu gefrieren, und Johannes Trautwein musterte sie erschreckt, zumindest verwundert.

»Ich hoffe, ich darf Sie morgen wieder besuchen«, sagte er. »Oder Sie kommen zu mir. Wir könnten vielleicht auch zusammen mit den Rädern zum Parkplatz Ostheller fahren und von dort aus weiter zur Möwendüne wandern.«

»Ja, das ist eine gute Idee. Dort war ich so lange nicht.«

Er lächelte, berührte kurz ihr Haar, dann verschwand er und ließ sie mit einem Gefühlschaos zurück.

Während sie noch eine Weile in der Diele verharrte, blickte sie immer wieder zu den düsteren Bildern mit dem tosenden Meer und dem kleinen Segelboot. Plötzlich riss sie ihren Mantel von der Garderobe und lief durch das Haus. Sie öffnete die Tür zum Garten. Als sie auf die Terrasse trat, schlug ihr heftiger Wind entgegen, aber sie ließ sich nicht davon abhalten und überquerte die Wiese. Sie erreichte den Zaun, hinter dem die Dünen begannen. Sie waren inzwischen schon ein Stück auf das Grundstück gewandert. Vorsichtig blickte sich Annamaria um. Das hatte sie sich ange-wöhnt, obwohl niemand der Nachbarn diesen Teil ein-sehen konnte. Sie bückte sich und wühlte mit den Händen im Boden herum. Anschließend erhob sie sich und ließ den Sand durch ihre Finger rieseln. Der Wind zerzauste ihr Haar und verschluckte fast ihre Worte.

»Jan, ein neuer Mann ist in mein Leben getreten«, er-klärte sie mit einem seltsamen Grinsen. »Da staunst du, was? Hast wohl geglaubt, ich hätte genug vom an-deren Geschlecht, nachdem du mich immer und im-mer wieder betrogen hast. Sogar in unserem Ehebett. Genau das hättest du nicht tun dürfen, das war eine Kränkung zu viel. Während du hier im Sand verrot-test, schläft unser Nachbar Johannes Trautwein bald auf deiner Matratze. Na, wie gefällt dir das?« Sie schaute hoch und visierte mit verklärtem Blick das Schlafzimmerfenster in der ersten Etage. »Ach ja, was du mich sicher schon immer fragen wolltest: Was ist mit dem Boot passiert?« Sie lachte. »Ich habe es bereits einen Tag vor deinem Tod entsorgt. Niemandem ist aufgefallen, dass es bereits vor deinem Tod fehlte, nicht einmal dir. Du warst wohl zu sehr mit deiner neuen Flamme beschäftigt. Fast hättest du dafür sogar unsere gemeinsame, zur Feier des Tages ganz besondere Teestunde ausfallen lassen. Deine letzte Teestunde.«

Familiensache

Ich wusste von Anfang an, dass die Geschichte niemals gut ausgehen würde. Okay, Norderney ist bekannt als die ostfriesische Party-Insel, als Ort, wo die Nacht zum Tag gemacht wird, wo man im Bermudadreieck rund um die Post versackt, aber das ist nicht die ganze Wahrheit. Manchmal glaube ich, wir Norderneyer sind im Grunde unseres Herzens verschlossen, vielleicht auch etwas konservativ, wenn es um die eigene Familie geht.

Daran musste ich denken, als ich an diesem stürmischen Herbsttag, an dem mein Freund Hanno mich dringend sprechen wollte, die letzte Fähre zum Festand erwischte. Nach dem Tod seiner Frau Miranda, den er ganz gut verkraftet hatte, und den ihrer Schwester Inken, deren Verlust ihn schwerer getroffen hatte, war er zusammen mit seinem alten Schulfreund und ewigen Kumpel Heinrich in ein Seniorenheim nach Norden gezogen. Also, nichts gegen das Festland, aber was wollte Hanno in einem Altenheim? Im Gegensatz zu mir, der ich auf einem Berg voller Schulden saß, verfügte Hanno über genügend finanzielle Mittel. Er nannte einige Immobilien auf Norderney sein Eigen und hätte sich in einem seiner Häuser pflegen lassen können. Aber Heinrich war nun wohl seine wichtigste Bezugsperson, zu der er den Kontakt nicht verlieren wollte. Für Heinrich aber kam »To Huus«, das Seniorenzentrum in der Nähe des Wasserturms nicht infrage, weil seine Tochter in Norden wohnte. Und die würde sich um ihn kümmern. Hanno hingegen ging wohl davon aus, dass sein Sohn Knut ihn sowieso kaum besuchen würde. Nun, es stimmt schon, es machte für ihn wenig Sinn, auf Norderney zu bleiben. Für mich gibt es jedoch nur das »Tu Huus« oder gleich die Kugel.

Als ich Hanno an diesem Tag in seiner Seniorenresidenz besuchte, plagten ihn große Sorgen. Aber noch größer war seine Angst. Er fürchtete sich vor dem Tod, genauer gesagt vor einem vorzeitigen Ableben unter mysteriösen Umständen. Er hatte offensichtlich einen Verdacht, brachte es aber nicht fertig, ihn mir darzulegen. Das war auch gar nicht nötig. Schließlich lag es nahe, dass es mit Knut und Holger zusammenhing. Knut war ein halbes Jahr älter als Holger und der Sohn von Miranda und Hanno, Holgers Mutter war Inken. Den Namen des Vaters hatte sie nicht preisgegeben. Natürlich gab es damals etliche Gerüchte, aber Gerüchte interessieren mich nicht, ich halte mich lieber an Fakten, zumal ich die in diesem speziellen Fall

kannte. Hanno hatte mich als einzigen Menschen eingeweiht. Sein Freund Heinrich war leider etwas ge-
schwätzig. Wahrscheinlich musste er sich die Sache
wenigstens einmal von der Seele reden und wer wäre
da besser geeignet gewesen als ich? Schon während
unserer Jugendzeit hatte er mir all seine Geheimnisse,
Sorgen und Ängste anvertraut, weil ich schweigen
kann. Und das ist bis heute so geblieben, wo wir beide
nicht mehr jung sind.

Hanno und Knut hätte man glatt für Zwillinge halten können, der Altersunterschied zwischen ihnen war
ja auch sehr gering. Beide rötliche Haare, stahlblaue
Augen, die Nase ein wenig schief, leicht abstehende
Ohren. Nun ja, sie waren verwandt, ihre Mütter waren
Schwestern, trotzdem heizte die ungewöhnliche Ähnlichkeit der Cousins die Fantasie der Nachbarn ordentlich an. Der unterschiedliche Charakter fiel ja auf den
ersten Blick nicht auf.

Holger war auch nicht gerade ein Braver, aber Knut
entwickelte sich bereits in der Pubertät zum richtigen
Satansbraten. Er bestahl seine Eltern nicht nur ein Mal
und fuhr mit seinem aufgemotzten Motorrad in der
Hochsaison nachts durch die Stadt. Das Fahrverbot
interessierte ihn einfach nicht. Über das Bußgeld lachte
er nur. Wahrscheinlich steckte es ihm seine Mutter

Miranda sowieso hinterher wieder zu. Sie war ja auch nicht unschuldig an seinem miesen Verhalten, verwöhnte ihn von Kind auf und ließ ihn nie für seine Taten einstehen. Und unter uns: Knuts hinterhältige Art hatte er sicher von seiner Mutter geerbt. Aber Toten soll man bekanntlich nichts Schlechtes nachsagen. Und nun war auch Hannos Busenfreund Heinrich gestorben, er lag morgens leblos im Bett. Plötzlich und vollkommen unerwartet. Genau deshalb hatte Hanno mich trotz des Sturms gebeten, Norderney zu verlassen, um zu ihm zu eilen.

Seine Stimme zitterte furchtbar, als er mir erzählte, dass er und Heinrich in der Todesnacht die Zimmer getauscht hätten. Und dieser gehetzte Blick, der kam nicht von der Trauer um seinen Freund. Hanno schien zu glauben, dass Heinrich nicht gerade zufällig in Hannos Bett verstorben war. Er dachte, dass der spontane Tausch einem hinterhältigen Mörder die Tour vermasselt hatte. Immer wieder schielte er zu dem dicken Kissen mit dem gehäkelten Bezug auf der altmodisch gemusterten Couch.

Ich fragte nicht nach, aber an meiner Miene las er wohl ab, dass er mir eine Erklärung schuldete. Plötzlich schlich er zum Sofa, hob das Kissen hoch und drehte es auf die andere Seite.

»Hier, genau hier in der Mitte war es feucht«, murmelte er fast so leise, dass ich es kaum verstehen konnte. Dabei zeigte er mit dem Finger auf die Stelle. »Und das bilde ich mir genauso wenig ein, wie sich der Heinrich die nächtlichen Geräusche aus dem Appartement über ihm eingebildet hat.« Hanno seufzte so tief, als trüge er eine ungeheure Last.

»Er hatte mich doch darum gebeten, die Zimmer zu tauschen! Er wollte wissen, ob ich diesen merkwürdigen Lärm auch hören kann. Und tatsächlich hat mitten in der Nacht jemand über mir gepoltert. Ich bin aufgestanden und die Treppen hochgelaufen. Inzwischen war alles wieder ganz ruhig. Trotzdem habe ich oben bei Herrn Grote angeklopft. Als er nicht reagiert hat, habe ich einfach die Klinke runtergedrückt. Heinrich hätte sich das nicht getraut, aber ich wollte es einfach wissen. Zum Glück hatte Grote nicht abgeschossen. Ich also in sein Zimmer rein und sehe den völlig duun mit glasigen Augen im Sessel hängen, daneben eine umgefallene Fußbank. Außerdem lagen auf dem Boden überall Kissen und Bücher herum. Der hatte wohl im Rausch einen kleinen Wutanfall bekommen. Und das sicher nicht zum ersten Mal. Manch ein Besoffener wird ja aggressiv, und wenn sich das hier jemand leisten kann, dann der Grote. Schließlich ist er mit dem Leiter verwandt.«

Hannos Stimme wurde brüchig und er wischte sich mehrmals über die feuchten Augen. »Wie gerne hätte ich Heinrich heute Morgen auf die Schulter geklopft und beruhigt. Niemand hat ihn ernst genommen, aber er war nicht wirr im Kopf, wie man behauptet hat. Die Geräusche, die gab es wirklich. Ich habe sie mit eigenen Ohren gehört. Aber nun ist Heinrich tot.« Während Hanno ins Leere starrte, strich er über das Kissen.

»Knut«, brachte ich hervor und es klang kaum nach einer Frage.

»Ja Knut. Ich habe meinen Sohn gestern hierher zitiert«, antwortete Hanno. »Wir haben heftig gestritten, weil ich von einem ehemaligen Nachbarn so einiges über ihn erfahren habe. Er verspielt die Mieteinnahmen, anstatt sie wie besprochen in die Renovierung der Häuser zu investieren.«

Der Nachbar hatte Recht, es stimmte. Ich selbst hatte auch schon überlegt, Hanno einzuweihen, es ihm jedoch nicht zumuten wollen. Wozu auch? Selbst wenn er seinen Sohn jetzt daran hindern könnte. Nach seinem Tod würde der das Erbe ohnehin zugrunde richten.

»Jedenfalls ist der Streit eskaliert«, fuhr Hanno fort. »Ich habe Knut sogar gedroht, ihn zu enterben. Als er gehöhnt hat, ich würde mein Vermögen kaum dem Seniorenheim oder einer fremden Person hinterlassen, habe ich die Bombe platzen lassen. Ich habe gestanden, dass auch Holger mein Sohn ist, gezeugt mit der Schwester meiner Frau, und dass ich Holgers Mutter viel mehr geliebt habe als Knuts Mutter. Und deshalb musste Heinrich sterben!«

»Hast du darüber mit der Polizei gesprochen?«

»Nein, die waren nicht einmal im Haus. Der Arzt hat einen natürlichen Tod bescheinigt. Außer dir weiß niemand von meinem Verdacht und das soll auch so bleiben. Selbst mein Notar braucht nicht zu wissen, warum ich so schnell wie möglich mein Testament ändern möchte.« Hanno legte das Kissen zurück und stierte eine Weile schweigend vor sich hin. »Leider haben wir jetzt Wochenende und ich kann Doktor Wirtz nicht vor Montag erreichen. Deshalb bin ich froh, dass du sofort hergekommen bist.«

»Auf mich konntest du dich doch immer verlassen«, erklärte ich.

Hanno schlurfte zu einer antiken Anrichte an der hinteren Wand, kehrte mit einem Blatt in der Hand zurück und überreichte es mir. »Hier, für alle Fälle. Mein geändertes Testament mit Datum und Unterschrift. So gilt es ja auch. Vor allem ist mir wichtig, dass jemand Bescheid weiß. Sofern mir etwas passiert, muss unbedingt die Polizei ermitteln.«

»Ich könnte Knut erzählen, dass du mich eingeweiht hast«, schlug ich vor. »Als eine Art Lebensversicherung.«

Hanno schüttelte den Kopf.

»Wie du möchtest«, antwortete ich und verabschiedete mich wie von einem Freund, den ich wohl niemals wiedersehen würde.

Die Chancen für Hanno standen ziemlich schlecht. Womöglich startete Knut ganz schnell einen zweiten Versuch, seinen Vater umzubringen. Und in mir reifte ein Plan. Aber nicht, ihn aufzuhalten, sondern Kapital aus meinem Wissen zu schlagen, damit ich endlich meine Schulden bezahlen konnte.

Blind date

Das Rauschen des Meeres wirkte beruhigend. Fasziniert starrte Mareike auf die Wasseroberfläche bis zum Horizont. Möwen schaukelten auf den Wellen. Während sie das friedliche Bild festzuhalten versuchte, zog am Himmel eine Komposition aus weißen und dunkelgrauen Wolken vorbei. Mit ihrer Stellung wechselte die Farbe des Wassers von Blau über Türkis zu einem gefälligen Grün. Irgendwie fühlte sich Mareike wie in einer anderen Welt, zumindest wie in einem anderen Leben. Die Zeit schien ihr zu gehören, genauso wie die ein wenig frische Brise, die sie gierig in ihre Lungen sog. Während sie ganz entspannt in ihrem Strandkorb saß, lagen die Berge aus Wäsche, die sie gestern noch gebügelt hatte, weit hinter ihr. Anscheinend hatte eine andere Frau die Spülmaschine ausgeräumt und die Koffer gepackt. Sie fühlte sich so frei von Zwängen wie die Wolken, die unaufhaltsam über Strand und Meer hinwegzogen. Zumindest für einige Sekunden oder genau so lange, bis sie den Kopf ein wenig zur Seite wandte und einen Mann mittleren Alters entdeckte, der sich zielstrebig ihrem Strandkorb näherte.

Das Blut pulsierte schneller durch Mareikes Adern. Bei dem flotten Tempo des Mannes blieb nicht einmal

Zeit, ihr Aussehen im Taschenspiegel zu kontrollieren, allenfalls für einen Blick auf die Uhr. Er war eindeutig zu früh. Trotz aufkommender Panik, vielleicht handelte es sich auch nur um Skrupel, wollte sie möglichst lässig wirken. Lässig oder wenigstens beherrscht. Als der Mann jedoch direkt vor ihr stand, schoss ihr Blut bis zum Haaransatz und sie fühlte sich keinesfalls als Dame der Lage. Während sich die imposante Silhouette des Mannes vom hellen Strand abhob, musterte sie ihn verstohlen. Volles Haar für sein Alter, interessante Grübchen, markantes Kinn, nackte Brust. Schreiend gemusterte Boxershorts ließen allerdings alle Vorzüge seines gut gebauten Körpers verblassen. Trug man die berüchtigte Rose im Knopfloch jetzt als Muster auf der Badebekleidung? Vielleicht hatte sie diese Entwicklung verpasst. Immerhin lag das letzte Date dieser Art genau ein Jahr zurück. Plötzlich schaute ihr der Mann direkt ins Gesicht. Sie wollte lächeln, so geheimnisvoll wie Mona Lisa oder zumindest so verführerisch. Aber ihre Miene drückte wahrscheinlich eher eine Mixtur aus Erwartung und Entsetzen aus.

»Jonathan Neubert«, begrüßte er sie ohne Scheu. »Und Sie sind sicher die Mareike.«

Obwohl sie keinen Ton herausbrachte, nahm er einfach neben ihr im Strandkorb Platz.

»Ich mag Frauen, die wissen, was sie wollen«, klärte er sie unvermittelt auf.

»Gehöre ich etwa dazu?«, fragte Mareike, nicht gerade überzeugt.

»Sonst wären Sie kaum hier. Erzählen Sie etwas über sich«, forderte er sie auf.

»Momentan gönne ich mir eine Auszeit«, erwiderte Mareike, während sie einen anscheinend ungeheuer wichtigen Punkt am Horizont fixierte. »Eine Auszeit vom grauen Alltag.«

Er gab sich mit dieser dürftigen Auskunft zufrieden. Wahrscheinlich hatte er verstanden, dass sie keine Details aus ihrem Leben preisgeben wollte. So redeten sie also über den herrlich weißen Sand, das erfrischende Meerwasser und ausgedehnte Spaziergänge auf der Promenade bis hinüber zum malerisch gelegenen Restaurant »Weisse Düne«. Obwohl der Strandkorb Schutz bot, wehte plötzlich eine frische Brise zu ihnen hinüber. Mareike warf einen scheuen Seitenblick auf die nackte Brust des Mannes. Den aufgerichteten Brustwarzen nach zu urteilen, fror er.

»Hier, nehmen Sie meine Jacke«, bot sie ihm an.

»Ich nehme lieber Ihren Arm«, erwiderte er lächelnd.

Er verstand zu lächeln, bis ihr schwindelig wurde. Dadurch deutete er Verlockungen an, die Mareike die

Röte ins Gesicht getrieben hätten, würden sie ausgesprochen. Wie selbstverständlich nahm er ihren Arm und legte ihn um seine nackten Schultern. Zur Salzsäule erstarrt blieb sie eine Weile neben ihm sitzen, doch dann übermannte sie plötzlich eine ungeheure Sehnsucht. Vorsichtig bog sie ihren Kopf zur Seite, bis ihr Haar seinen Hals berührte. Während ihre Hand wie von selbst über seinen Oberkörper wanderte, drehte er sich ein wenig zu ihr hin. Sie spürte seinen Atem in ihrer Ohrmuschel. Nur die von der untergehenden Sonne gefärbten Wolken sahen zu, als sie ihre Lippen auf die seinen presste. Pulsierendes Blut übertönte das Rauschen des Meeres. Mareike beschloss, die ganze Nacht mit Jonathan Neubert zu verbringen, eine lange Nacht, vielleicht auch noch den Morgen.

Plötzlich gab er ihre Lippen frei und musterte sie mit ernster Miene. Warum lächelte er jetzt nicht mehr? War sie eine Spur zu forsch gewesen? Hätte sie ihm die Initiative überlassen sollen? Verschämt drehte sie den Kopf zur Seite und kämpfte gegen ihre Fantasie. In der streiften fordernde Hände die Träger ihres Tops herunter, liebkosten ihre elektrisierte Haut.

»Und wie geht es jetzt weiter?«, fragte er plötzlich mit einer Stimme, die Mareike nicht deuten konnte.

»Am besten gehen wir in die Ferienwohnung, die ich gemietet habe«, schlug sie vor, immer noch in der Hoffnung, alle Träume in die Wirklichkeit umzusetzen.

Stumm starrte Jonathan Neubert auf den rot gefärbten Abendhimmel, der langsam eine violette Tönung annahm. Sein Schweigen irritierte sie.

»Machen Sie das eigentlich öfter?«, fragte er ernst, nicht amüsiert, wie sie das eher erwartet hatte.

»Im Strandkorb den Sonnenuntergang beobachten?«, spielte Mareike die Ahnungslose.

»Ich dachte mehr an die Art, mit fremden Männern dem Alltag zu entfliehen.«

»Nur einmal im Jahr. Immer am Hochzeitstag. Und *fremd* stimmt ja auch nicht. Schließlich feiern wir heute schon unseren zehnten.«

»Ja, zehn Jahre haben wir schon auf dem Buckel«, entgegnete Jonathan, was ganz und gar nicht nach Feierstimmung klang.

Mittlerweile war die Sonne untergegangen und der Strand bis auf die beiden menschenleer. Kein Wunder bei dem nicht gerade einladenden Wetter. Jonathan ergriff Mareikes Hand und zog sie aus dem Strandkorb fort. Wie glücklich wir sind, redete sie sich ein, obwohl sie im Innersten wusste, dass das nicht stimmte. Etwas war anders als all die Jahre zuvor, auch wenn sie das nicht genau definieren konnte.

Es dauerte nicht lange, bis sie die abgelegene Behausung erreichten. Zu diesem Hochzeittag war Jonathan Ruhe und Abgeschiedenheit besonders wichtig gewesen. Deshalb hatte Mareike eine Ferienwohnung in den Dünen außerhalb der Stadt gemietet.

Sie holte den wohlweislich kalt gestellten Sekt aus dem Kühlschrank und schlenderte zu ihrem Mann hinüber, der inzwischen auf dem Sofa im Wohnraum Platz genommen hatte.

»Komm her!«, sage er mit seltsamem Unterton.

»Moment, ich muss noch die Gläser holen«, erwiderte sie.

»Nein, die brauchen wir nicht.«

Irritiert sah sie ihm ins Gesicht. Seine Miene wirkte nicht gerade so, als wolle er ohne Sekt und ohne Umschweife mit ihr direkt im Bett verschwinden. Nein, er wirkte abweisend und kalt. Sein Blick ließ sie frösteln, auch wenn sie sich kaum erklären konnte, warum.

»Das haben wir doch immer so gehalten«, entgegnete Mareike mit einer Stimme, die ihr fremd vorkam. Derweil rieben ihre Hände über ihre Arme, auf denen sich eine Gänsehaut gebildet hatte.

»Ja, aber heute wird alles anders sein.«

Genau das hatte sie schon bemerkt. »Und warum? Wir haben diesen Ausflug vom Alltag doch immer so genossen. Wieso etwas ändern?«

»Es gibt mehrere Gründe«, antwortete er, wobei er sie mit seinen gleichbleibend kalten Augen fixierte. »Ersparen wir uns die Details. Es reicht, wenn ich dir erkläre, dass dies unser letzter Hochzeitstag sein wird.«

»Unser letzter Hochzeitstag?«, echote Mareike, kaum fähig, den Sinn dieser Ankündigung zu erfassen. »Wieso, willst du dich etwa scheiden lassen?«

»Nein, ich werde Witwer!«

»Das ... also, das verstehe ich nicht. Ich bin doch noch jung und ...«

»Naiv«, fiel er ihr ins Wort, »warst es schon immer. Und vor allem dumm. Ja, dumm, auch wenn dich deine ignoranten Eltern für intelligent halten, nur weil du mit Ach und Krach die Realschule abgeschlossen hast, während sie nicht einmal das geschafft haben. Du mit deinem biederen Hausfrauenalltag widerst mich nur noch an. Kennst keine anderen Themen mehr als Waschen und Kochen.« Er schnaufte. »Wie oft habe ich mich in der letzten Zeit vor meinen Freunden und Kollegen geschämt, mit einer solchen Frau verheiratet

zu sein. Und wenn ich demnächst den Posten als ...
Egal, jedenfalls kann ich mir in dieser Position weder
ein Dummchen noch eine Scheidung leisten. Und meine Hemden kann ich auch in der Wäscherei abgeben.«
Er lächelte zynisch.

»Zum Glück hast du unser Hochzeitsritual übertrieben. Wolltest unbedingt chatten mit Mr. Right, hast
ihn eingeladen nach Norderney zu kommen. Nicht zu
vergessen, hast du die Ferienwohnung gemietet, in
der du diesen Unbekannten empfangen hast, während
dein Ehemann auf Geschäftsreise weilte.«

»Das ist nicht dein Ernst.« Mareike versuchte zu lachen, brachte aber nur ein merkwürdiges Krächzen
heraus. »Das ist doch ein besonderes Spiel, das du dir
ausgedacht hast, nicht wahr?«

Leider fiel diese Vermutung in sich zusammen, als
ihre Blicke sich trafen. Diese Kälte in seinen Augen
kannte sie nicht, der eigene Mann kam ihr plötzlich so
fremd vor, als hätte sie ihn niemals gesehen, geschwei-
ge denn berührt.

»Sobald wir es hinter uns gebracht haben, werde ich
mit einem Boot von der Insel verschwinden und mich
auf dem schnellsten Weg zu den Kollegen der Tagung
gesellen. Es wird sein, als wäre ich nie fort gewesen.
Sie alle werden das bestätigen.«

Mareikes Knie begannen zu zittern und ihre Kehle fühlte sich an wie zugeschnürt. Mit einem gehetzten Blick sah sie zur Tür. Ehe sie die jedoch erreicht haben würde, hätte Jonathan sie eingeholt. Eine Flucht erschien ihr ausgeschlossen. Sie musste ihn davon überzeugen, dass er nicht davonkommen würde. Und ihm dann die Möglichkeit bieten, das Gesicht zu wahren, indem sie die Sache als Spiel darstellten, wenn auch ein perfides.

»Die Polizei kann den Chatverlauf sicher zurückverfolgen«, wandte sie ein. »Damit weiß man genau, dass du dich mit mir verabredet hast.«

Jonathans Mund verzog sich zu einem breiten Grinsen, in dem fast etwas Diabolisches lag. »Netter Versuch«, sagte er höhnisch. »Aber ich bin erheblich schlauer, als du es dir in deiner Naivität vorstellen kannst. Geantwortet habe ich immer von einem öffentlichen Computer. Es gibt keine Verbindung von mir zu Mister Right.« Plötzlich zog er ein kleines Fläschchen aus einer Hosentasche und hielt es Mareike hin. »Und jetzt, Baby, füge dich in dein Schicksal und mach es uns beiden nicht so schwer. Sobald die Wirkung einsetzt, wirst du nicht mehr merken, was mit dir geschieht. Das ist besser für dich, glaub mir. Es könnte sehr wehtun.«

Während er ihr den Hals der Flasche an die Kehle setzte, schrie sie laut um Hilfe.

»Hier wird dich sowieso niemand hören«, zischte er und schlug ihr ins Gesicht.

Da war Mareike sich nicht so sicher. Schließlich hatte sie zu dem runden Hochzeitstag einige Bekannte eingeladen. Jetzt konnte sie nur hoffen, dass sie noch rechtzeitig auftauchen würden.

Die Hoffnung stirbt zuletzt

»Pension Sanddorn« stand auf dem Schild in dem ge-
pflegten Vorgarten mit großen Dünengrasbüscheln
und Blumen, deren Namen ich nicht kannte. Im letzten
Jahr, als ich mit meiner Schwester eine Woche meines
Sommerurlaubes auf der Insel verbracht hatte, hatte
das Gästehaus noch einen anderen Namen getragen.
Jansen, Jensen, Johannsen oder so ähnlich. Im Juli
war's, extra zum City-Abendlauf, auch wenn Nadine
und ich natürlich wegen des Nachtlebens nach Norderney gekommen waren, das es auf den anderen
Ostfriesischen Inseln so nicht gibt. Freitags mit der
Fähre rüber und wenige Stunden später in den Dis-
kotheken in der Stadt rund um die Post- und Strand-
straße abrocken.

Natürlich musste ich auch wieder an Ole denken
und schüttelte unwillkürlich den Kopf. Ole mit den
rotblonden Haaren, den vielen Sommersprossen und
dem kecken Blick. Wir hatten Ole gleich am Ankunfts-
tag kennengelernt und überredet, am nächsten Abend
bei dem legendären Rundlauf mitzumachen. Fünf
Kilometer durch Norderneys Parkanlagen und City,
entlang der Promenade mit Meerblick. Im Gegensatz
zu uns hatte Ole noch niemals daran teilgenommen,

obwohl er von der Insel stammte und recht sportlich wirkte.

Meine Schwester und ich hatten beide ein Auge auf Ole geworfen, und bis zum Anpfiff hatte es nicht so ausgesehen, als habe er sich bereits für eine von uns entschieden. Leider änderte sich das, kurz nachdem wir am Kurplatz gestartet waren. Nadine verletzte sich den Fuß, eine kleine Zerrung, nichts Ernstes, aber sie reichte aus, in Ole sofort Beschützer-Instinkte zu wecken. Nachdem meine Schwester umgeknickt war, hatte er jedenfalls nur noch Augen für sie. Der Flirt hielt bis zu unserer Abreise, danach brach der Kontakt ab.

In diesem Jahr war Nadine allein nach Norderney gereist. Aber Ole war nicht der Grund, warum ich sie nicht begleitet hatte. Ich nahm stark an, dass sie keinerlei Interesse hegte, ihn bei ihrem diesjährigen Aufenthalt zu treffen, ihn nicht einmal eines Blickes würdigen würde. Und in ihrem jetzigen Zustand verdrehte sie keinem Mann den Kopf, das war mal klar. Den Abendlauf hatte sie noch gut überstanden, sogar die doppelte Runde geschafft, aber nun lag sie im Inselkrankenhaus. Als ich daran dachte, krampfte sich mein Magen automatisch zusammen.

Auf wackeligen Beinen lief ich den schmalen Steinweg zu dem roten Backsteinhaus mit dem Giebel zur

Straßenseite. Außer dem Namen hatte sich nichts geändert. Während ich die Pension betrat, schoss mir das
Adrenalin durch die Adern, als hinge von den nächsten Minuten meine Zukunft ab. Die etwa fünfzigjähri-
ge Wirtin hatte ein rundes, sonnengebräuntes Gesicht
mit vielen Lachfalten und wirkte sympathisch.

»Frau Sanddorn«, begrüßte sie mich mit einer mit-
leidigen Miene und gab mir die Hand. »Und Sie sind
sicher Frau Winterthur. Irgendwie stehe ich immer
noch unter Schock. Dieser Anblick und dann der
Krankenwagen ...« Sie strich sich über das leicht ge-
wellte Haar. »Aber wie müssen Sie sich erst fühlen.
Als Angehörige so einen Anruf zu erhalten.« Seufzend
führte sie mich durch einen verwinkelten Gang und
öffnete die Tür zu einem der Gästezimmer. Sie zögerte
kurz, ehe sie mich eintreten ließ.

»Hier hat Ihre Schwester gewohnt«, erklärte sie mit
ernster Miene. »Für drei weitere Nächte hat sie bereits
bezahlt. Danach wollte sie in diese Ferienwohnung
ziehen, die überbucht war. Deshalb hat sie ja erst mal
bei mir Quartier bezogen.«

Frau Sanddorn sah mich unverwandt an, als erwarte
sie ein Dankeschön oder zumindest ein zustimmendes
Nicken, vielleicht auch, dass ich in Tränen ausbrach.
Seufzend stellte ich das Gepäck neben den Bistrotisch,

der unter einem Fenster mit kurzen, geblümten Gardinen stand. Es lag zu einem Innenhof. Neugierig sah ich hinaus. Ich erkannte einen kleinen Teich und etliche knallrote Liegestühle und weiter hinten sogar einen blau-weiß gestreiften Strandkorb. Komischerweise hatte ich mir Meerseite vorgestellt, aber das war nun unwichtig.

»Sie können also maximal drei Nächte hier wohnen«, unterbrach die Wirtin meine Gedanken.

»In Ordnung«, presste ich mühsam hervor. Ich hatte keine Vorstellung davon, wie sich alles entwickeln würde. Ich hielt nichts in den Händen als Hoffnung.

Nachdem die Wirtin sich verabschiedet hatte, sah ich mich in dem kleinen, aber gemütlichen Raum um. Links neben der Tür stand ein breites Bett, neben dem Bistrotisch ein Sessel mit kariertem Bezug. Gegenüber thronte ein wuchtiger Kleiderschrank aus Eiche. Auf wundersame Weise strahlte er etwas Beruhigendes aus. Vielleicht interpretierte ich das auch nur hinein, weil ich mich so danach sehnte. Ich öffnete ihn und mir strömte ein bekannter Geruch entgegen. Ein Parfum von Yves Saint Laurent, das Nadine immer benutzte. Fünf gemusterte Blusen, drei Hosen und zwei Sommerjacken hingen ordentlich auf der Kleiderstange. In einem Fach stapelten sich T-Shirts in dezenten Farben, zwei Bikinis und ein Badeanzug, den ich nicht kannte. Wahrscheinlich hatte sie den hier gekauft. Wie in Trance nahm ich eine der Blusen heraus und rieb den seidigen Stoff zwischen meinen Fingern, drückte sie so fest gegeneinander, bis es schmerzte. In einem seltsamen Anflug von Verzweiflung, der mich überraschte, hängte ich die Bluse in den Schrank zurück. Eine Flut widersprüchlicher Gefühle übermannte mich. Aufgewühlt lief ich ins angrenzende Bad.

Der Raum war bis unter die Decke gekachelt. Alle persönlichen Utensilien hatte die Wirtin eingepackt oder der Rettungssanitäter. Nur eine angebrochene Tube Sonnencreme lag unter dem Spiegel. Ich nahm sie an mich. Ohne Accessoires wirkten die weißen Kacheln ungewöhnlich steril, zumindest bis sich in ihnen die warme Abendsonne widerspiegelte. Während ich die Dusche musterte, registrierte ich zum ersten Mal, wie mir die Kleidung am Körper klebte. Nach dem Anruf der Wirtin hatte ich sofort meine Koffer gepackt, mich ins Auto gesetzt und war Hunderte von Kilometern gefahren. Und dann der grauenvolle Anblick meiner Schwester im Krankenhaus.

Seufzend zog ich mich aus und stellte mich unter die Dusche. Während das Wasser über meinen Körper rann, dachte ich an Nadine und an unsere Eltern, an hitzige Debatten, an Gerechtigkeit. Aufgewühlt drehte ich den Hahn wieder zu. Die gläsernen Kabinenwände schienen mich zu erdrücken. Keine Minute länger hielt ich es hier aus, nicht im Bad, nicht in dieser Pension, in der ich mich nun wie ein Eindringling fühlte. Fast fluchtartig stürzte ich hinaus.

Draußen empfing mich frische Luft, gesättigt mit den Gerüchen von Sonne, Wind und Meer. Nach wenigen Minuten hatte ich die Promenade über dem Weststrand erreicht. Ich lief an etlichen Urlaubern vorbei, manche mit Hund, andere in Begleitung vielleicht eines Freundes, einer Freundin, des Partners oder nur einer flüchtigen Bekanntschaft. Warum fiel es mir schwer, den Anblick der zufriedenen oder gleichgültigen Gesichter zu ertragen? Ich dachte pausenlos an Nadine. Im Geiste sah ich sie im Kinderwagen, sah uns beide durch den großen Garten unseres geliebten Elternhauses laufen, Nadine auf der Schaukel, Nadine neben mir am Grab unseres verstorbenen Vaters.

Plötzlich störte ein Geräusch meine Erinnerungen. Ich brauchte einige Sekunden, um zu registrieren, dass mein Handy klingelte. Den Ton hatte ich vor Kurzem neu eingestellt, weil die heitere Melodie nicht mehr zu meiner Stimmung passte. Das Display zeigte die Nummer unserer Mutter an.

»Wie geht es Nadine?«, fragte sie atemlos. Sie hörte sich an, als wäre sie gerade längere Zeit gerannt. »Können die Ärzte schon ...«

»Nein«, unterbrach ich sie. »Wie soll das auch gehen? Dass ich dich angerufen habe, ist doch erst knapp zwei Stunden her.«

»Ich komme um vor Sorge.«

»Das verstehe ich ja, aber zum jetzigen Zeitpunkt bleibt uns einfach nichts, als zu warten.«

»Ja natürlich, das fällt mir nur so schwer.«

»Ich besuche Nadine heute Abend noch einmal. Anschließend melde ich mich wieder.«

Nachdem wir das Telefonat beendet hatten, sank meine trübe Stimmung weiter nach unten, dabei hatten mir der Anruf der Wirtin und später das Gespräch mit dem Arzt schon genug zugesetzt. Ich beschleunigte meinen Schritt und erreichte bald die Anhöhe mit dem Denkmal für die vermissten Seefahrer. Während ich hochstieg, hielt ich mich am Geländer fest, als fiele mir die Anstrengung schwer. Und das, obwohl ich regelmäßig joggte. Hier allerdings, in dieser schwierigen Situation würde ich darauf verzichten. Schließlich konnte mir niemand mit Sicherheit sagen, ob Nadine durchkommen würde. Nachdenklich schweifte mein Blick über die Dünen, den Strand und das tiefer gelegene Meer. Ich schluckte. Den heutigen Tag hatte ich mir wirklich anders vorgestellt. Gute Nachrichten hatte ich erwartet. Stattdessen kam dieser Anruf, mit dem ich so nicht gerechnet hatte.

Aufgewühlt stieg ich von der Anhöhe wieder zur Promenade und lief dann weiter zum Strand hinunter. Ich rannte den Wellen entgegen, stoppte erst, als ich den nassen Sand unter meinen Füßen spürte. Eine einzelne Möwe umkreiste mich, als wolle sie Solidarität demonstrieren. Während die rot-violette Farbe des Himmels kontinuierlich verblasste, musterte ich die Spuren im Sand. Auch meine Schwester hatte hier, am Strand ihres Urlaubsortes, Spuren hinterlassen und tief in meiner Seele.

Während ich wehmütig über unsere gemeinsame, dennoch sehr unterschiedliche Kindheit sinnierte, über die jüngste Erklärung meiner verwitweten, kranken Mutter, schwappte eine Welle vor meine Füße. Bestürzt sah ich nach hinten. Sie hatte die Spuren mit ins Meer gespült. Plötzlich tauchten die ergreifenden Ereignisse der letzten Woche vor mir auf, als hätten sie nur auf dieses Zeichen gewartet, überrollten mich wie eine Woge, zogen sich zurück, um neuen Bildern Platz zu verschaffen: Die Ankündigung, dass Nadine unser Elternhaus erben und ich mit etwas Geld abgespeist würde, das wahrscheinlich gerade einmal dem Pflichtteil entsprach. Den Triumph im Gesicht meiner Schwester. Das Gefühl, die Demütigungen nicht länger ertragen zu können, die meine Familie mir jahrelang zugefügt hatte.

Während ich nun dem rhythmischen Rauschen der Wellen lauschte und auf die silhouettenlose Weite des Meeres blickte, überlegte ich, dass noch nicht alles verloren war. Dank der aufmerksamen Wirtin hatte Nadine überlebt. Vielleicht hatte ich die Dosis des Kontaktgiftes, das ich in die Sonnencreme gespritzt hatte, falsch eingeschätzt oder meine Schwester hatte sich einfach nicht gründlich genug eingeschmiert. Wahrscheinlich hatte sie auch diesen Badeanzug statt der alten Bikinis getragen. Ich würde mir etwas Neues, vor allem Besseres einfallen lassen müssen, um sie endlich aus ihrer Rolle der Lieblingstochter ins Jenseits zu befördern. Immerhin lag sie nun wehrlos in ihrem Krankenzimmer. Die Hoffnung stirbt zuletzt, dachte ich und lächelte zynisch.

Jessika sah Konstantin mit einem vernichtenden Blick an. »Du hast doch nicht ernsthaft vor, mich in dieser Hütte einzuquartieren«, schnaufte sie und stellte ihr Glas so heftig auf den Tisch, dass etwas Sekt heraus- schwappte. »Hast du nicht von dem luxuriösen *Inselloft Norderney* gesprochen? Und soweit ich mich erinnere, war das *Michels Thalasso Hotel Nordseehaus* im Gespräch, nicht aber diese Absteige.«

»Das ist ein kleines charmantes Hotel und keine Absteige«, erwiderte Konstantin, wobei er sich um einen möglichst neutralen Tonfall bemühte. Ihm lag viel daran, die Wogen zu glätten, und in gewisser Weise hatte sie ja Recht. Er hatte ihr den puren Luxusaufenthalt auf Norderney versprochen und nun sollte sie mit einem Übernachtungsbetrieb der Mittelklasse Vorlieb nehmen.

»Jetzt erzähle mir bitte nicht, es wären in den besse- ren Häusern keine Zimmer mehr frei. Die Hauptsaison ist längst vorüber und ...«

»Ich werde dich angemessen entschädigen, mein Täubchen«, unterbrach er sie.

»Was genau meinst du damit? Etwa, dass du mich schick zum Essen ausführst?« Jessikas Stimme triefte inzwischen vor Ironie. »Das stelle ich mir jedenfalls nicht unter einer Entschädigung vor.«

Konstantin wandte sich von ihr ab, lief quer durch das nicht gerade geräumige Zimmer und kramte in seiner Reisetasche herum. »Und jetzt schön die Augen zu, bis ich etwas anderes sage.«

Sie schaute ihn zuerst wütend, dann verständnislos an, gehorchte aber nach kurzem Zögern. Während sie mit geschlossenen Lidern regungslos verharrte, näherte er sich ihr mit einem schwarzen Beutel aus Samt betont langsam. Bei ihr angekommen öffnete er ihn, zog eine Kette heraus und legte sie Jessika um den faltenlosen schlanken Hals. Er sog den süßlichen Duft ihres Parfüms ein und hauchte mehrere Küsse auf ihren Nacken. Ganz anders wirkte das Schmuckstück an seiner jungen Geliebten als an seiner Ehefrau Hilde.

»Noch nicht öffnen«, befahl er, wobei er Jessika vorsichtig in Richtung Spiegel schob. »So, zwei kleine Schritte und dann ... dadadada!«

»Nicht schlecht«, erklärte sie, als sie das Geschenk begutachtete.

»Nicht schlecht«, echote er. Enttäuscht strichen seine Finger an der Kette entlang. »Sie hat ein halbes Vermögen gekostet, ist ganz aus Platin. Und sieh dir erst einmal den fetten Rubin in der Mitte an, umrahmt von drei Brillanten.«

»Trotzdem wundere ich mich.« In einer fast theatralischen Geste fuhr sie sich über die Stirn. »Bisher hieß es doch auch nicht: entweder bekommst du dies oder du bekommst das. Du warst noch nie knauserig. Was ist denn los? Du verwaltest für deine Frau alle Konten ihrer Firma und kannst abheben, was du für richtig erachtest.«

»Prinzipiell schon«, erwiderte er, obwohl das nicht ganz der Wahrheit entsprach. Seit Hilde wegen einer Rechnung aus einem Geschäft für Dessous misstrauisch geworden war, kontrollierte sie jede seiner Ausgaben. Für den jetzigen Kurztrip nach Norderney hatte er deshalb auf seine recht bescheidenen privaten Ersparnisse zurückgreifen müssen.

Jessika zog die Augenbrauen hoch und bedachte ihn mit einem musternden Blick. »Warum können wir hier also nicht in einem anständigen Hotel wohnen?«

»Nun ja, einige unserer Kunden sind mit der Bezahlung ihrer Rechnungen in Verzug. Das klärt sich natürlich bald. Nur jetzt so kurzfristig musste ich mich zwischen Loft oder Kette entscheiden. Und da ich wusste, wie gut sie dir stehen würde, habe ich mich nun einmal für den Schmuck entschieden.«

»Okay, mein Lieber.« Sie lächelte und ihre Hand mit rot lackierten Fingernägeln tätschelte seine Wange. Erleichtert atmete er auf. »Nur eines sage ich dir gleich. Das Programm auf der Insel bestimme ich. Ich weiß, dass du kein Freund der Sauna bist, heute jedoch kommst du nicht daran vorbei, mir zwei oder drei Gänge zu gönnen. Und da dieses Haus hier keine Möglichkeit dazu bietet, gehen wir ins Thalasso-Bad.«

»Ja, kleine Hexe«, stimmte er zu. »Aber zuerst üben wir mal das Entkleiden, damit es hinterher in der Sauna schneller geht.« Er grinste anzüglich und zog den Reißverschluss ihres schwarzen Etuikleides herunter. »Die Kette darfst du natürlich anbehalten.«

Fast nackt verschwand sie ins Bad. Während er Wasser rauschen hörte, klingelte sein Smartphone. Mist, Hildes Hängebacken tauchten auf dem Display auf. Das konnte nichts Gutes bedeuten. Leider bestätigte sich sein Verdacht. Um eine Spur bleicher, beendete er das Gespräch. Hilde würde früher von dem Besuch bei ihrer Schwester zurückkehren und er würde allenfalls kurz vor ihr zu Hause eintreffen, wenn Jessika und er die gebuchte Fähre für die Rückfahrt nehmen würden. Zu Hause angekommen, würde ihm also kaum Zeit bleiben, um …

»Wo hast du die Kette eigentlich gekauft?«, unterbrach Jessika, die gerade aus dem Bad kam, seine Gedanken. »Sie gefällt mir. Tatsächlich ein sehr schönes Schmuckstück. Solch einen guten Geschmack hätte ich dir gar nicht zugetraut.«

»Nicht? Na, hör mal, hätte ich den nicht, wäre ich ja wohl nicht mir dir zusammen.« Dass seine Frau die Kette für sich ausgesucht hatte, verschwieg er wohlweislich. »Und jetzt komm her zu mir!« Eigentlich war ihm die Lust an einem Schäferstündchen vergangen, aber er hoffte darauf, dass sich das schnell ändern würde, sobald Jessika mit ihm ins Bett gestiegen war.

»Was machen wir denn mit dem Schmuck, wenn wir aufbrechen?«, fragte sie, als sie ermattet nebeneinander lagen. Die Kette trug sie immer noch am Hals. »In das Thalasso-Bad kann ich die unmöglich mitnehmen und einen Safe gibt es auf unserem Zimmer nicht.«

»Die wird schon keiner rauben. Schließlich sind wir auf einer beschaulichen Insel und nicht in einem Epizentrum für Kriminalität. Außerdem weiß niemand, dass wir hier ein wertvolles Schmuckstück horten.«

Nach einer kurzen Diskussion, welches Versteck geeignet sei, einigten sie sich darauf, die Kette unter einem Sessel zu deponieren. Anschließend packten sie ihre

Badesachen und verließen das Zimmer. Den Weg zum Thalasso-Bad legten sie in trauter Einigkeit zurück, die Konstantin jedoch nicht richtig genießen konnte. Denn er bezweifelte, dass der Zustand lange anhalten würde. Die ganze Idee, Jessika mit dem Schmuck über den verpatzten Aufenthalt in einem luxuriösen Hotel hinwegzutrösten, kam ihm auf einmal äußerst lächerlich vor. Was hatte er sich nur dabei gedacht? Es würde gar nicht so einfach sein, aus der Nummer wieder herauszukommen.

Nachdem sich ihre Wege hinter der Kasse des Badehauses kurzfristig trennen mussten, trafen sie sich im Bewegungsbad wieder. Eine Weile schwammen sie zusammen durch das wohltemperierte Wasser, dann verabschiedete sich Jessika. »Ich bleib anderthalb Stunden in der Sauna«, erklärte sie und küsste ihn kurz. »Dir wird schon nicht langweilig werden. Vom SPA kannst du ja zwischendurch zum Familienbad hinüberwechseln. Dort wird in regelmäßigen Abständen die Wellenmaschine angeschmissen. Und wie ich dich kenne, macht es dir sogar Spaß durch die riesigen Röhren zu rutschen. Also, bis später.«

Missmutig beobachtete Konstantin, wie sie aus dem Becken stieg. Der knappe rot-weiß gestreifte Bikini verbarg kaum mehr als unbedingt nötig. Für einen kurzen Moment überlegte er, sie in den Saunabereich zu begleiten, aber erstens hasste er es, zu schwitzen, und zweitens kam ihm gerade eine viel bessere Idee. Während er weiter eine Runde im Wasser drehte, verschwand Jessika aus seinem Blickfeld und würde erst zur verabredeten Zeit wieder auftauchen.

»Lohnt sich das Meerwasser-Brandungsbecken?«, fragte sie, nachdem sie von der Feuerebene zurückgekehrt war.

»Wie?« Konstantin wirkte erstaunt.

»Na, du warst doch vorhin bestimmt im Familienbad. Jedenfalls habe ich dich hier nicht entdeckt, als ich von oben heruntergeschaut habe.«

»Ich habe mich auf den Liegen im Außenbecken ausgeruht. Und jetzt wird es langsam Zeit aufzubrechen. Vor dem Abendessen ziehst du dich sicher noch um.«

Kaum eine halbe Stunde später hatten sie das Hotel erreicht. Während Konstantin hinter Jessika die Stufen zu ihrem Zimmer in der ersten Etage hochstieg, tätschelte er ihre Kehrseite und sie ließ es kommentarlos geschehen. Sie öffnete die Tür und verschwand sofort im Bad. Bis sie wieder in einem hautengen Pullover und einem kurzen Rock zum Vorschein kam, wanderte Konstantin unruhig zwischen Bett und Schrank hin und her. Er hielt erst inne, als sie auf Seidenstrümpfen zu ihm trippelte und ihre Arme um seinen Hals schlang.

»Ich bin so gut wie fertig«, flüsterte sie ihm ins Ohr. »Mir fehlen nur noch die Pumps und natürlich die Kette.«

»Warte, ich hole sie.« Konstantin bückte sich und langte mit der Hand unter den Sessel, schwenkte sie mehrmals nach rechts und nach links, konnte aber nichts fühlen. Schließlich erhob er sich und rückte das schwere Möbelstück zur Seite. »Das gibt es ja nicht«, stieß er hervor. »Hast du die Kette etwa schon an dich genommen?«

»Wieso?« Jessika klang erstaunt. »Ich war doch die ganze Zeit im Bad. Treibst du einen Scherz mit mir, oder was? Danach ist mir heute wirklich nicht zumute.«

»Die Kette ist weg!«, schrie er. »Begreife das endlich!«

»Bleib mal ruhig. Jetzt suchen wir hier erst einmal alles ab. Und wenn die gleich irgendwo zum Vorschein kommt und ich habe dich in Verdacht, sie extra verlegt zu haben, um mich ein bisschen zu ärgern, dann kannst du was erleben.«

Sie brauchten nicht allzu lange, um festzustellen, dass sich das Schmuckstück nicht mehr in ihrem Zimmer befand. Mit hochrotem Kopf stürzte Konstantin zum Telefon und wählte die Nummer der Rezeption. Nachdem er die Sachlage erklärt hatte, machte er noch einmal deutlich, dass er sofort den Hotelbesitzer sprechen wolle. Tatsächlich klopfte der wenig später an ihre Zimmertür.

»Wenn ich das richtig verstanden habe, sehen Sie keine andere Möglichkeit, als dass die Kette gestohlen wurde«, sagte er, nachdem er sich mit dem Namen Jörgensen vorgestellt hatte.

»Genau!«, bestätigte Jessika, ehe Konstantin etwas erwidern konnte. »Wie sollte sie sonst von hier verschwunden sein? Bis wir ins Thalasso aufgebrochen sind, habe ich sie ja noch getragen.«

Konstantin nickte.

»Ich kann mir das wirklich nicht erklären«, erwiderte Jörgensen. »Also, die Zimmermädchen sind nicht mehr im Haus. Und selbst wenn ... ich würde für alle meine Hand ins Feuer legen. Sämtliche Angestellten arbeiten schon lange Jahre bei mir und bisher ist niemals etwas gestohlen worden. Am besten rufen wir die Polizei.«

»Was ist mit der Versicherung?«, warf Konstantin ein.

»Die zahlt nur, wenn die Wertgegenstände in unserem Safe deponiert wurden.« Jörgensen massierte sein Kinn. »Es wäre wirklich besser gewesen, Sie hätten sich vor Ihrem Aufbruch an die Rezeption gewandt.« Er hatte noch nicht ganz zu Ende gesprochen, da zog er ein Smartphone aus seiner Hosentasche und wählte die Nummer der örtlichen Polizei.

Die nächsten Stunden empfand Konstantin wie einen einzigen Albtraum. Die Befragung durch die Polizei, Jessikas vorwurfsvolle Miene, seine Selbstzweifel. Sein Plan barg etliche Risiken. Was, wenn die Polizei zu Hause noch einmal mit ihm Kontakt aufnehmen würde und Hilde das mitbekam? Andere Szenarien wagte er sich gar nicht erst auszumalen.

Konstantin trug ihre beiden fertig gepackten Reisetaschen nach unten, um sie in die Obhut des Personals an der Rezeption zu geben. Jessika kontrollierte ein letztes Mal, ob sie nichts vergessen hatten. Als sie sich in der Lobby des Hotels trafen, seufzte er und fasste sich in einer theatralischen Geste an seine Stirn. »Du, mir geht es irgendwie nicht gut. Ich habe Kopfschmerzen und etwas schwindelig ist mir auch. Am besten ruhe ich mich hier ein wenig aus, während du shoppen gehst.«

Aus Jessikas seltsam verkniffener Miene wurde er nicht recht schlau. Nahm sie ihm die Show nicht ab, oder ärgerte es sie, dass sie allein einkaufen und vor allem bezahlen musste? Egal, er konnte es sich an diesem Morgen nicht leisten, auf ihre Wünsche einzugehen. Die Zeit drängte. Hauptsache, sie machte nicht auf Krankenschwester und blieb ihm zuliebe im Hotel. Wie er sie kannte, würde sie jedoch kaum neben ihm sitzen bleiben, um Händchen zu halten.

»Wie du willst«, sagte sie mit einem Hauch von Ärger in der Stimme und schaute auf ihre Armbanduhr. »Dann streife ich eben alleine durch die City. Aber vor zwölf Uhr bin ich nicht zurück. Die Fähre geht ja erst nach ein Uhr.«

»Ja, das schaffen wir«, erwiderte er und steuerte auf das rote Sofa zu, das vorne an einem der beiden großen Fenster stand. Während sie ihm ein kurzes »Tschau« hinschleuderte, nahm er eine Zeitschrift von dem Stapel, der auf einem kleinen Beistelltisch lag. Er gab vor zu lesen.

Nachdem sie das Hotel verlassen hatte, wartete er noch etwas ab, dann erhob er sich und schlich zum Eingang. Vorsichtig schaute er hinaus, aber von Jessika war zum Glück nichts mehr zu sehen. Wenn alles lief wie geplant, war er spätestens in einer halben Stunde zurück, lange bevor sie die Shoppingtour beendet haben würde.

Erstaunt stellte er fest, dass es ihm wirklich nicht besonders gutging. Kein Wunder, sein Herz raste, das Blut rauschte in seinen Schläfen. Hätte er die Sache nur schon hinter sich gebracht. Seufzend eilte er zum Strand. Sein Ziel war der Strandkorb 94, die Miete hatte er extra um einen Tag verlängert. Wegen des kalten windigen Wetters hielten sich nicht viele Urlauber am Meer auf. Wahrscheinlich trieben sie sich wie Jessika in der Stadt herum und warteten auf die Sonne, deren Rückkehr der Wetterdienst für den Nachmittag angekündigt hatte.

Konstantin zog die Schuhe aus, krempelte seine gute Hose hoch und rannte durch den Sand. Als er die Nummer 94 fast erreicht hatte, sah er sich schwer atmend um. Zwei Strandkörbe standen in der Nähe, alle anderen waren weiter entfernt. Eigentlich konnte nichts mehr schiefgehen. Er verlor keine Zeit, stemmte seine Arme gegen das Holz und schob den Strandkorb so weit nach links, das auf seiner Seite ein etwas zwanzig Zentimeter breiter Streifen freigelegt wurde. Während er in die Hocke ging und in dem Sand herumwühlte, tropfte der Schweiß von seiner Stirn. Je hektischer seine Hände hin und her fuhren, desto mehr Tropfen fielen in den Sand. »Das kann nicht sein, das kann nicht sein«, murmelte er vor sich hin. Panik stieg in ihm hoch, sein Herz drohte zu zerspringen.

»Na, noch nicht fündig geworden«, hörte Konstantin plötzlich eine vertraute Stimme hinter sich. »Gib die Suche auf. Die Kette befindet sich nicht mehr dort, wo du sie versteckt hast.«

Wie in Trance drehte er sich um und starrte auf den von Brillanten umgebenen Rubin auf faltiger Haut. Sein Blick wanderte den Hals entlang nach oben und traf auf einen roten Mund mit spöttischem Lächeln. Er schluckte. »Aber Hilde, was machst du denn hier?«

»Ja, mein Lieber, da staunst du was? Deine Frau ist nicht das dumme Muttchen, für das du sie anscheinend hältst.« Sie lachte. »Seit ich weiß, dass du in Dessous-Läden einkaufst, bin ich wachsam.«

»Trotzdem verstehe ich das alles nicht«, wandte er ein.

»Ich wollte endlich Klarheit«, fuhr sie in eisigem Tonfall fort. »Deshalb bin ich zu meiner Schwester gefahren. Du solltest dich in Sicherheit wähnen. Dass du die Gelegenheit sofort beim Schopfe ergriffen hast, um mit deiner Gespielin zu verreisen, hat der Privatdetektiv herausgefunden, der dir in meinem Auftrag nach Norderney gefolgt ist. Was meinst du, wie erstaunt der war, als du allein aus dem Thalasso-Bad gestürmt bist, um hier etwas im Sand zu verbuddeln? Er hat mich sofort informiert, weil ihm das sehr merkwürdig vorkam. Auf meine Anweisung hat er die Tüte ausgebuddelt und mir ein Foto vom Inhalt aufs Handy geschickt. Ich gebe zu, ich habe eine Weile gebraucht, um zu verstehen, dass du deinem Flittchen meinen Schmuck *geliehen* hast und ihn dir auf diese Weise zurückholen wolltest. Wahrscheinlich hattest du ursprünglich vor, bei uns zu Hause einen Einbruch zu inszenieren, um das Verschwinden der Kette zu erklären. Das habe ich dir wohl vermasselt, weil ich vorzeitig zurückkehren wollte. Also musstest du eine Lösung finden, um wieder an die Kette zu kommen und sie einfach schnell zurückzulegen. Was bin ich froh, dass es nicht zu dem *Einbruch* gekommen ist. Dann wäre mein restlicher Schmuck wahrscheinlich auch verschwunden. Glück für mich, Pech für dich, mein Lieber. Auch, dass du den Ehevertrag so brav unterschrieben hast.«

Wattwanderung

»Schatz, am besten ziehst du dich noch einmal um, bevor wir gehen«, säuselte Alexander in diesem Ton, den ich absolut nicht mochte. Vielleicht gefiel mir auch nicht, was mein Ehemann sagte, weil ich ahnte, dass er etwas nachschieben würde. Zumindest signalisierte mir das sein lauernder Blick, der so gar nicht zu dem Lächeln passte, mit dem er mich bedachte. Zudem kannte ich inzwischen seine sadistische Art. Genau deshalb hatte er mich zur Frau genommen, jemanden auf dem er ohne große Gegenwehr rumhacken konnte. Und ich hatte mich zu Beginn unserer Beziehung von seinem tollen Aussehen und dem aufgesetzten Lächeln blenden lassen. »Dieses helle Blau steht dir einfach nicht«, fuhr er in derselben Tonlage fort. »Hellblau zu mausgrauen Augen.« Er schüttelte den Kopf. »Außerdem fällst du in dem Kleid zu sehr auf. Eine Frau wie du sollte nicht unbedingt auffallen. Erst recht nicht in einem Fummel, der zwei Nummern zu klein ist.«

Natürlich hätte ich etwas erwidern können, aber mir fiel nichts Gescheites ein, so wie immer, wenn er mich kränkte. Und das tat er gerne und oft. Leider nicht nur er. Eigentlich begleiteten kleinere Seitenstiche wie auch ausgewachsene Demütigungen seit der Kindheit mein Leben. Sie gehörten zu mir wie eine zweite Haut. »Anne, warum hast du nur überhaupt keine Ähnlichkeit mit deinen älteren Schwestern«, höre ich meine Mutter mit anklagender Stimme. »Wenigstens die dicken Locken von Roxana oder die hübschen großen Augen von Janina.« Schon damals hätte ich erklären können, dass Mutter mir die Haare schnitt, während meine Schwestern zum Friseur gehen durften, dass ich ihre alten Sachen auftragen musste, dass ich im Gegensatz zu Roxana und Janina ...

Von alledem sagte ich damals nichts und an dieser Sprachlosigkeit hatte sich bisher noch nicht viel geändert. Dabei geht es den Nesthäkchen doch bekanntlich besser als den älteren Geschwistern. Mag sein, dass sie in anderen Familien verwöhnt werden, nur für mich galt das leider nicht. Ich war diejenige, die nie etwas recht machen konnte, die für Missgeschicke verantwortlich war, diejenige, auf der man rumhacken durfte. Blitzableiter und Sündenbock in einem.

Ich habe alles einfach hingenommen und geduldig ertragen. Wie dann auch bei Alexander, doch damit würde bald Schluss sein. Es wurde langsam Zeit, aus dem Schatten der Kindheit herauszutreten. Nicht erst seit der letzten Woche, aber das Ereignis vor genau sieben Tagen hatte mir die Dringlichkeit noch einmal vor Augen geführt. Nein, diese neue große Demütigung, die ich unaufhaltsam auf mich zurollen sah, wollte ich nicht mehr hinnehmen. Nach all dem, was ich an Alexanders Seite erduldet hatte, stand mir mehr zu als ein Tritt in den Allerwertesten.

Zufällig hatte ich dieses Telefonat belauscht und mir seitdem pausenlos den Kopf darüber zerbrochen, wie ich die drohende Katastrophe abwenden konnte, aber zunächst war mir nichts eingefallen. Erst ein Zeitungsartikel, in dem es um zwei jugendliche Gigolos ging, hatte mich auf eine Idee gebracht. Jetzt blieb nur noch die Frage, wann Alexander mir mitteilen würde, dass er mich loswerden wollte. Daran, dass er genau diesen Wunsch hegte, bestand für mich keinerlei Zweifel, auch wenn ich mir kaum vorstellen konnte, dass eine andere Frau seine sadistische Art so lange ertragen würde wie ich.

Meine Gedanken kehrten in die Kindheit zurück, zu dem Zeitpunkt, als ich erfahren hatte, warum ich in meiner Familie die Rolle des Aschenputtels innehatte. Meine Mutter hatte kein drittes Kind gewollt, erst recht kein drittes Mädchen. Und mein Vater hatte das wohl ähnlich gesehen, sonst wäre er nicht kurz nach meiner Geburt einfach abgehauen. Und wer war für das Scheitern dieser Ehe verantwortlich? Sie ahnen es gewiss. Natürlich würde Alexander ebenfalls mir die Schuld für unsere Trennung zuweisen, nachdem er sich offiziell zu seiner neuen Flamme bekannt hätte.

»Hörst du mir überhaupt zu?«, vernahm ich plötzlich die ärgerliche Stimme meines Mannes als käme sie weit aus der Ferne. »Ewig diese Tagträumerei. Zieh dich endlich um! Der Tisch ist für halb acht bestellt und es ist bereits nach sieben.«

»Ich bin fertig«, wagte ich zu erwidern, »auch wenn du an meiner Kleidung etwas auszusetzen hast, gefalle ich mir darin.«

Zuerst wirkte Alexander völlig irritiert, dann musterte er mich mit abschätzendem Blick. Seine Augen wanderten von oben nach unten, fuhren an meinem Körper entlang und blieben schließlich in Taillenhöhe hängen. Dabei zog er seine Brauen mehrmals so weit wie möglich hoch. »Gut, wenn du meinst. Ich an deiner Stelle würde mich in diesem Outfit jedenfalls nicht wohlfühlen. Zieh dir wenigstens noch einmal die Lippen nach. Deine sind so schmal, die sieht man sonst gar nicht.«

Für einen kurzen Moment geriet ich in Versuchung, klein beizugeben, aber seit ich diesen Plan gefasst hatte, konnte ich ihn ruhig provozieren. Oder unterließ ich das doch besser? Was, wenn er sich mir gleich beim Abendessen offenbarte und anschließend bei seinen Freunden herumposaunte, ich wüsste Bescheid. Quatsch, Alexander hatte keine Freunde, und seinen Anwalt, mit dem er einmal im Monat für ein paar Stunden in die Sauna ging, würde er erst nach diesem Urlaub unterrichten. Von dieser Woche auf der Insel hing alles ab, das spürte ich nur zu deutlich, für mich, für unsere Beziehung und vor allem für ihn. Alexander plante stets alles Schritt für Schritt, ehe er Taten folgen ließ. Ich war gespannt, wie er es anstellen würde.

Pünktlich auf die Minute setzten wir uns an den Tisch. Alexander hatte im Pesto Pesto mitten in der Stadt reserviert, obwohl er genau wusste, dass ich lieber in einem Restaurant mit Meerblick gespeist hätte. Ich kann mich kaum noch daran erinnern, wann es in unserer Beziehung einmal nach meinen Wünschen gegangen war. Lange Zeit war mir das gar nicht aufgefallen. Wie denn auch? Ich kannte ja von klein auf nichts anderes. Erst ein Besuch bei Janina und ihrem Mann vor wenigen Jahren hatte mir die Augen geöffnet. »Mausi, ist es dir recht, wenn ...«, habe ich immer noch im Ohr. »Mausi, das würde dir bestimmt gefallen. Ich liebe ja die Berge mehr als den Strand, aber

Mausi mag das Meer so gerne.« Nach den zwei Tagen bei meiner Schwester war mir jedenfalls klar, wie sehr mein Schwager Mausi mochte, und vor allem, dass es in unserer Ehe ganz anders zuging.

Der Ober hielt mir die Speisekarte hin und ich bedankte mich mit einem Lächeln.

»Und, was nimmst du?«, fragte Alexander, nachdem ich sie eine Weile studiert hatte.

»Den Antipasti-Teller und ...«, weiter kam ich nicht.

»Du willst wirklich diesen Vorspeisenteller bestellen? Wie ich dich kenne, isst du als Hauptgang Pasta mit Schafskäse und das ist ja wohl schon fett genug. Und dann ertränkst du auch noch alles in Wein. Dabei möchte ich nicht wissen, wie viele Kalorien allein schon das Essen hat.«

»Seit wann zählst du die für mich?«, rutschte es mir heraus. »Sonst muss ich doch auch alles alleine machen. So viel Aufmerksamkeit bin ja gar nicht gewohnt.«

Alexander wirkte irritiert und eine Weile erwiderte er nichts. »Was ist eigentlich mit dir los«, fragte er unvermittelt, als ich schon nicht mehr mit einer Reaktion gerechnet hatte. »Du benimmst dich so komisch. Wirst du jetzt zu allem Übel auch noch aufmüpfig?« Er legte die Fingerspitzen gegeneinander und zog seine Stirn in Falten. »Das ist ja nicht erst seit heute so. Vorgestern zum Beispiel, als ich mich über deine fade Tomatensuppe beschwert habe. Anstatt dich für deine miserable Kochkunst zu entschuldigen, hast du mir wortlos den Salz- und Pfefferstreuer hingehalten. Und dann dieser Blick, richtig keck und kein bisschen schuldbewusst.«

Aha, dachte ich, heute Abend lässt er die Katze aus dem Sack und wir befinden uns gerade mitten im Vorspiel. Jetzt wird er mich gleich mit weiteren Beispielen konfrontieren, die zeigen, wie kratzbürstig ich geworden bin, wie sehr ich mich zu meinem Nachteil verändert habe und dass eine Trennung unter diesen Umständen unvermeidbar sei. Oder wollte er es sich gar noch einfacher machen? Legte er es darauf an, von mir zu hören, wie unerträglich mir inzwischen unser Zusammenleben sei? Beabsichtigte er es so zu drehen, dass ich es war, die lieber allein leben wollte? Nein, mein Lieber, so nicht. Der herannahende Kellner unterbrach diesen Gedanken.

»Als Vorspeise hätte ich gerne den Antipasti-Teller und die Pasta mit dem Schafskäse als Hauptgericht«, gab ich die Bestellung auf. »Und ein Glas Weißwein bitte, trockenen Weißwein. Ach, bringen Sie mir gleich ein Viertel.« Alexander hob kurz die Augenbrauen bis zum Anschlag und orderte dann seinerseits. Bier, mokierte ich mich innerlich. So viel zum Thema Kalorien. Zugegeben, Alexander durfte es sich leisten. Er wog gerade einmal fünfundsiebzig Kilos, und das bei einer Größe von über einen Meter achtzig. Überhaupt konnte mein Mann sich sehen lassen mit dem immer noch vollen schwarzen Haar, das nur an den Schläfen leicht ins Melierte überging. Dazu die modische, randlose Brille, mit der er intellektuell wirkte. Alles in allem war es also kein Wunder, dass andere Frauen meinen Mann begehrten. Seit Neustem auch unsere Nachbarin, die junge kinderlose Witwe, deren Trauerphase nach kurzer Zeit offensichtlich schon vorüber war.

Der Kellner brachte die Getränke. Dabei hatte ich nicht einmal bemerkt, dass er sich inzwischen entfernt hatte, so sehr war ich mit meinen Gedanken beschäftigt. Während ich den Wein aus der Karaffe ins Glas goss und den ersten Schluck trank, schaute ich sehnsuchtsvoll zu der gläsernen Theke mit den ausgestellten Häppchen, dann zu den Weinflaschen in den Regalen an der Wand. Das ganze Interieur mit dem grünen Anstrich, den grünen Lampen, dem großen Fenster zur Straße, an dem wir saßen, nahm ich allerdings nur am Rande wahr. Um die angenehme Atmosphäre richtig genießen zu können, war ich einfach viel zu angespannt.

Ich ging davon aus, dass mein bisheriges Leben an der Seite meines Mannes zu Ende sein würde, bevor wir beide oder einer von uns die Insel mit der Fähre verlassen würden. Erklären konnte ich das nicht, es war mehr ein Gefühl. Auch wenn ich das selbst kaum verstand, erfasste mich plötzlich so etwas wie Trauer. Mein Alltag war bisher zwar nicht gerade beneidenswert gewesen, aber immerhin hatte mir Alexanders rüdes Benehmen eine gewisse Kontinuität garantiert. Ich konnte weiterhin die Klappe halten und still leiden wie schon seit meiner Kindheit. Ich hatte mich einfach an den Zustand gewöhnt. Ehrlicherweise musste ich zugeben, dass dieses Arrangement für mich ganz bequem war.

Alexander stellte sein Bierglas hörbar auf den Tisch und wischte sich den Schaum vom Mund. »Ich habe über unsere Ehe nachgedacht«, verkündete er mit einer Stimme, die mich aufhorchen ließ. »In unserer Beziehung gibt es nur noch wenige Gemeinsamkeiten.«

Ja, dachte ich wütend, aber das hat dich bis jetzt nicht sonderlich gestört. Komisch, dass dir das erst auffällt, seit dir unsere Nachbarin schöne Augen macht. Unter seinem lauernden Blick verwandelte sich mein Zorn zunehmend in Angst. Es gab verschiedene Arten, eine lästig gewordene Frau loszuwerden, erst recht auf einer Insel. Was wenn ... Nein, diesen Gedanken mochte ich lieber nicht weiterverfolgen.

Alexander räusperte sich. »Ich denke, in diesem Urlaub läuft alles auf eine Entscheidung hinaus. Entweder raufen wir uns zusammen oder wir müssen uns trennen. Mein Vorschlag wäre, möglichst viel gemeinsame Zeit miteinander zu verbringen, sich nicht wie zu Hause so oft aus dem Weg zu gehen. Wir sind noch genau vier Tage auf der Insel. An zwei Tagen bestimmst du, was gemacht werden soll, an den anderen bin ich an der Reihe. Besuch im Thalasso-Bad, Konzert im Conversationshaus, Leuchtturmbesteigung, Strandspaziergang, egal was du aussuchst, ich mache mit.«

Die Tussi aus dem Nachbarhaus erwähnte er natürlich ebenso wenig wie den für ihn bereits feststehenden Ausgang dieses kleinen Experiments. ——

»Okay«, stimmte ich zu. »Du fängst an. Schließlich bist du es gewohnt zu bestimmen.« Darauf erhob ich mein Glas und trank einen großen Schluck.

»Wenn du unbedingt willst«, erwiderte er mit unergründlichem Lächeln. »Dann schlage ich für morgen eine Wattwanderung vor.«

Ich prustete laut los. Fast hätte ich mich dabei an dem Wein verschluckt. Eine kleine Fontäne schoss aus meinem Mund und landete auf Serviette und Besteck, was Alexander mit einem missbilligenden Blick quittierte. »Das ist zu lustig«, bemerkte ich, nachdem ich mich etwas gefangen hatte. »Da erklärst du mir gerade, dass wir kaum Gemeinsamkeiten haben, und dann suchst du genau die Freizeitbeschäftigung aus, die ich auch als Erstes genommen hätte.« Plötzlich wurde ich wieder sehr ernst. Wahrscheinlich steckte hinter meinem kurzen Stimmungsumschwung sowieso nichts als eine gehörige Portion Galgenhumor. Wieso gerade eine Wattwanderung? Vielleicht sollte ich mir darüber einige Gedanken machen.

»Mit Führer?«, fragte ich laut, obwohl ich die Antwort bereits kannte. Alexander hasste Gruppen, selbst dann, wenn sie nur aus drei Leuten bestanden. Und sich jemandem anzuvertrauen, der ihm womöglich Vorschriften machte, war erst recht nicht sein Ding. Er bestimmte, wo es langging. Deshalb kam mir sein Angebot, dass ich auch mal das Tagesprogramm aussuchen dürfe, irgendwie seltsam vor.

»Wir brauchen keinen Führer«, fuhr Alexander mitten in meine Gedanken. »Wann das Wasser kommt und es gefährlich wird, kann ich selbst nachlesen.«

»Ja, ja, natürlich«, bestätigte ich, während in mir gerade eine äußerst beunruhigende Vorstellung Gestalt annahm. Ich strich meine dünnen, langen Haare hinter die Ohren, als könne ich diese abstruse Idee dadurch verscheuchen. »Wann wir morgen aufbrechen, beschließen wir, sobald wir uns den Gezeitenkalender angeschaut haben.« Ich rieb meine feuchten Handflächen möglichst unauffällig über mein Kleid.

Als der Kellner mit der Vorspeise erschien, war ich dankbar, dass er mir half, die wachsende Erregung zu verbergen. Im Gegensatz zu meiner Gefühlslage schien Alexanders Stimmungsbarometer nach oben zu schnellen. Er wünschte mir sogar einen guten Appetit und die zusätzlichen Kalorien kamen nicht mehr aufs Tapet. Trotzdem bereitete es mir Mühe, die leckeren Häppchen auf dem Vorspeisenteller zu genießen, und ich konnte die Pasta mit dem Schafskäse kaum hinunterschlucken. Ich hatte nur noch einen Wunsch: Der morgige Tag sollte für mich gut ausgehen.

Den ganzen nächsten Vormittag huschte ich in unserer Ferienwohnung herum, ohne es lange an einem Ort auszuhalten. Mit dem neu angefangenen interessanten Inselkrimi hielt ich es in meinem Lieblingssessel kaum zehn Minuten aus und immer wieder schaute ich abwechselnd aus dem Fenster und auf die Uhr. Draußen sah es noch ungemütlich aus, aber laut Wetterbericht sollten sich die dichten Regenwolken bis zur Mittagszeit verziehen. Und für den Nachmittag hatte der Gezeitenkalender grünes Licht gegeben. Alexander zumindest hatte sich durch die dicken Tropfen nicht abhalten lassen, das Haus zu verlassen und war schon fast zwei Stunden fort. Offensichtlich gab es Gründe, die Zeit doch nicht immer gemeinsamen zu verbringen. Ob er wohl auswärts mit unserer Nachbarin telefonierte? Vielleicht erzählte er ihr von der bevorstehenden Wattwanderung, vielleicht stammte die Idee sogar von ihr. In diesem Moment erinnerte ich mich plötzlich daran, wie ihr verunglückter Mann mir einmal geholfen hatte, die Hecke im Vorgarten zu schneiden, zwei oder drei Monate vor diesem schrecklichen Unfall. Mit dem Auto. Marderschaden, hieß es im offiziellen Polizeibericht.

Ein Geräusch an der Tür riss mich aus diesen Gedanken.

»Das Wetter ist scheußlich«, erklärte Alexander als er mit triefendem Regenmantel unmittelbar vor mir stand. »Hoffentlich fällt die Wattwanderung heute nicht ins Wasser und wir müssen sie auf morgen verschieben.«

»Ja, hoffentlich«, echote ich, obwohl ich mir nicht sicher war, ob das wirklich stimmte.

Eine gute Stunde später als ursprünglich geplant, standen wir mit hochgekrempelten Hosenbeinen und einem kleinen Rucksack auf dem Rücken im Schlick. Der Regen hatte sich endlich verzogen. Seltsamerweise waren wir uns einig gewesen, die Wanderung nicht ausfallen zu lassen, nur weil wir schneller zurück sein mussten, um der Flut zu entkommen. Während wir in Richtung Festland aufbrachen, warf Alexander mir immer wieder einen hintergründigen Blick zu, den ich nicht zu deuten vermochte. Sobald ich den erwiderte, verzog sich sein Mund zu einem unechten Grinsen. Je weiter wir die Insel hinter uns ließen, desto heftiger klopfte mein Herz.

»Noch eine halbe Stunde«, bemerkte ich, als mein Mann plötzlich stehen blieb. »Später dürfen wir nicht umkehren. Sonst wird es gefährlich. Wenn einer von uns mit dem Fuß umknickt ...«

Alexander suchte in seinem Rucksack herum und ging nicht darauf ein. »Mist, wo ist denn die Wasserflasche? Ich bin sicher, die habe ich eingesteckt, bevor wir losgegangen sind.«

Wütend sah er mich an, und ich befürchtete, er würde mir an die Kehle gehen. Hilfe, schrie eine Stimme in mir. Dieser Ausflug würde schneller in einer Katastrophe enden, als ich gedacht habe. Er stierte weiter in meine Richtung und machte einen Schritt auf mich zu. Meine Beine begannen zu zittern, die Hilferufe in meinem Inneren verstärkten sich.

»Kein Wunder, dass ich so einen Durst habe, wo du das Mittagessen total versalzen hast«, schimpfte er, während ich das Zittern kaum noch unterdrücken konnte. »Und dann dieser Chili. Sonst gehst du immer sparsamer damit um.«

Ich zog eine angebrochene Flasche Cola aus meinem Proviantsack und hielt sie ihm hin. »Magst du doch ohnehin lieber als Wasser.«

Alexander setzte die Flasche an den Hals und trank, als stünde er kurz vor dem Verdursten. Anschließend gab er sie mir zurück und wir liefen weiter. Mein Mann stapfte neben mir durch das Watt. Unruhig schielte ich immer wieder zu ihm hinüber. Meine Fingernägel krallten sich in die Innenflächen meiner Hände, bis es schmerzte. Wäre ich nur schon wieder am Strand.

»Mir ist so komisch«, sagte Alexander plötzlich. Eigentlich war es mehr ein Lallen. »Und ich bin müde.«

Ich nahm ihn bei der Hand, führte ihn im Kreis herum, und er ließ es geschehen. Er protestierte auch nicht, als ich ihn auf den Boden zog. Dort saß er und starrte mich aus glasigen Augen an.

»Leg dich ruhig hin, wenn du dich ausruhen möchtest«, schlug ich vor. »Ich gehe und hole Hilfe.«

Er nickte. Oder bildete ich mir das nur ein? Zumindest sank sein Körper nach unten. Mit offenem Mund lag er auf der Seite im Schlick. Ein Speichelfaden rann an seinem Kinn hinunter mischte sich mit Meereswasser. Die Flut kam langsam. Es wurde Zeit für mich. Ein letzter Blick auf den Mann, dessen Gemeinheiten ich fast fünfundzwanzig Jahre ertragen hatte, dann rannte ich los. Bye, Baby, bye, hämmerte es unaufhörlich in meinem Kopf. Unterwegs schüttete ich die restliche Cola ins Meer. Kurz bevor ich die Insel erreichte, spülte ich die Flasche in einem Priel einige Male mit Meerwasser aus. Jetzt hieß es einfach nur warten.

Gegen Mitternacht rief ich die Polizei. »Mein Mann ...«, stotterte ich. »Er ist immer noch nicht zurück. Langsam mache ich mir große Sorgen. Normalerweise müsste er längst in unserer Ferienwohnung sein.« Ich zögerte ein wenig. »Wir haben uns gestritten. Aber …«

Der Beamte am anderen Ende der Leitung wollte mich beruhigen, das ließ ich jedoch nicht zu.

»Wenn wir uns mal streiten, geht er gerne einfach los, irgendwo was trinken, wissen Sie. Nur kommt er normalerweise recht schnell wieder zu mir. Es war ja auch keine große Sache und wir lieben uns trotz allem. Ich habe solche Angst, dass ihm im Watt etwas zugestoßen ist.«

»Sie haben Ihren Mann zuletzt im Watt gesehen?«, fragte der Polizist nun doch interessiert.

»Ja, am Nachmittag«, bestätigte ich. »Dort haben wir uns ja gestritten. Nur um Kleinigkeiten. Banalitäten, aber dann hat er mich eine blöde Kuh genannt. Daraufhin habe ich ihn einfach stehen gelassen und bin zum Strand zurück. Zunächst habe ich mir keine Sorgen gemacht. Warum denn auch? Er konnte genauso aus dem Watt herauslaufen wie ich ja auch. Als er beim Abendessen fehlte, fand ich das immer noch nicht tragisch. Ich hab mir gedacht, dass er in der nächsten Kneipe rumhängt und sich volllaufen lässt, den Ärger über den Streit in Bier ertränkt. Aber inzwischen haben die meisten Lokale sicher bereits geschlossen. Und meinen Alleingang hat er mir auch längst heimgezahlt. Es gibt also kaum mehr einen vernünftigen Grund, warum ...« Meine letzten Worte gingen in einem gespielten Schluchzen unter.

»Na, na, jetzt beruhigen Sie sich erst einmal«, erwiderte der Beamte mit gütiger Stimme. »Auf Norderney sind noch nicht alle Bürgersteige hochgeklappt. Wir fragen mal bei den entsprechenden Gaststätten nach und verständigen die Küstenwache. Ich bin sicher, dass Ihr Mann in absehbarer Zeit bei Ihnen eintrudeln wird. Wenn Sie mir jetzt noch kurz die Personalien und die Beschreibung Ihres Gatten durchgeben würden.«

Nachdem ich das erledigt hatte, beendete der Polizist das Gespräch, und ich sank mit einem breiten Lächeln in einen Sessel. Bingo, das hatte super geklappt. Offensichtlich war Alexander noch nicht aufgetaucht, sonst hätte der Beamte anders reagiert. Ich konnte mich in Sicherheit wiegen. Selbst wenn Alexander nun recht schnell gefunden würde, wären die K.-o.-Tropfen nicht mehr nachweisbar, die ich direkt nach dem belauschten Telefonat mit der Nachbarin in weiser Voraussicht besorgt hatte. Warum dieser sportliche Mann ertrunken war, würde ein Rätsel bleiben. Zum ersten Mal in meinem Leben, verspürte ich eine ungeheure Zufriedenheit. Die Zeiten, in denen man mich ungestraft demütigen konnte, gehörten endgültig der Vergangenheit an. Keine kleine Unterhaltszahlung, bis ich mir selbst eine Arbeit gesucht haben musste. Stattdessen eine fette Lebensversicherung. Davon würde ich mir ein Haus auf der Insel kaufen, ein Haus mit Blick auf das Watt.

Ich hatte diesen Gedanken gerade zu Ende gedacht, da hörte ich jemanden an der Tür.

Norderney für immer und ewig

Als ich Klaus-Eberhard in der legendären Milchbar kennengelernt habe, war er schlank, attraktiv und mit einer dicken Geldbörse ausgestattet. Später war alles an ihm dick. Mein Ehemann stammte nicht von der Insel, seine Vorfahren waren keine Fischer, keine Schiffbauer, keine Badewächter. Die hatten ihr Geld mit Immobilien verdient. Klaus-Eberhard mochte weder Matjes noch Krabben und hielt eine steife Brise für schlechtes Wetter. Im Nachhinein denke ich, er hätte besser nie seinen Urlaub hier verbracht und mit den Scheinchen nur so um sich geworfen. Dann wäre ich ihm nicht begegnet, hätte mich nicht von ihm einwickeln lassen und ihm bei der Trauung nicht ewige Treue geschworen. Seitdem habe ich unsere schöne evangelisch-lutherische Kirche zwar nicht mehr besucht, aber trotzdem nehme ich den Schwur sehr ernst.

Jahrzehntelang habe ich meinen Mann brav ertragen. Als er mich jedoch bedrängte, mit ihm in seine alte Heimatstadt Essen zu ziehen, war damit schlagartig Schluss. Es wurde zu seiner fixen Idee. Aber alles in mir sträubte sich dagegen, meine geliebte Insel zu verlassen. Ich wollte ein anständiges »Moin Moin« hören, wenn ich einkaufen ging. Ich brauchte den Wind und das Meer, Ebbe und Flut wie die Luft zum Atmen. Der Blick auf den weiten Horizont war pure Entspannung für mich.

Natürlich versuchte ich alles, um Klaus-Eberhard diesen Umzug auszureden, leider ohne Erfolg. Als er schließlich schon ein Haus im Essener Süden ernsthaft ins Auge gefasst hatte, wurde mir plötzlich klar: Wenn einer hier fortgehen würde, dann mein selbstgefälliger Gatte mitsamt Speckrollen und Doppelkinn, und zwar allein und für immer. Allerdings etwas anders, als er sich das vorgestellt hatte. Mir schwebte da eher eine Reise ohne Rückfahrschein vor, auch wenn ich zunächst noch nicht wusste, auf welche Weise er sich verabschieden sollte. In dieser Phase avancierte »Fifty ways to leave your lover« zu meinem Lieblingslied. Ich weiß nicht, ob Sie den Song von Paul Simon kennen. Egal, der Sänger geht mir darin eigentlich nicht weit genug, unter »verlassen« stellte ich mir etwas Endgültiges vor. In meiner Fantasie sah ich Klaus-Eberhard unsere steile Kellertreppe hinunterstürzen, vom Blitz getroffen vom Fahrrad kippen oder einfach von einem unserer Linienbusse plattgewalzt am Damenpfad. Leider fuhr er kein Fahrrad, guckte beim Überqueren der Straße nicht einmal nach links und rechts, sondern dreimal und in den Keller schickte er immer mich.

Eines Tages half mir der Zufall. »Mehrere Hundert Tote durch gepanschten Schnaps«, las ich in der Tageszeitung. Auch wenn mein Gatte nur exquisiten Rotwein trank, kam mir eine Idee. Kein Verkehrsunfall, kein Blitzschlag, kein Treppensturz – stattdessen ein natürlicher Tod, fast jedenfalls. Mir war nämlich der letzte Tagesausflug unseres Frauenkränzchens eingefallen. Der hatte uns in den Hamburger Zoo geführt, natürlich auch in das Tropen-Aquarium. Ich erinnere mich noch genau an das Becken mit den Kugelfischen und an den Kommentar von unserer Inken. Menschenskind, wat macht de sich alwer wichtich, habe ich damals gedacht. Was die alles über den Kugelfisch wusste, vor allem über sein extrem tödliches Tetrodotoxin.

Nun begann ich selbst zu recherchieren und war erstaunt, wie gut alles passte. Die Art des Ablebens ähnelte stark einem Herzinfarkt. Es bedurfte also nur einer Dosis dieses Giftes, um die Warnung unseres alten Hausarztes wahr werden zu lassen. Das beruhigte mein Gewissen. Schließlich hatte Klaus-Eberhard die Ratschläge von Doktor Siefken immer in den Wind geschlagen.

Das Tetrodotoxin zu beschaffen, stellte ich mir sehr schwierig vor. Aber ich baute darauf, dass man mit dem nötigen Geld fast alles besorgen kann.

Vielleicht wundern Sie sich über diese Lösung, fragen sich, warum ich mich nicht einfach scheiden lassen wollte. Wie ich schon erwähnte, war mir der Treueschwur vor dem Traualtar wichtig. »Bis dass der Tod euch scheidet«, hatte bisher noch niemand aus unserer Familie gebrochen, und ich wollte einen Teufel tun und die Erste sein.

Und dann gab es da noch diesen elenden Ehevertrag.

Mittlerweile hatte ich das Gift besorgt, es war wirklich nicht schwer gewesen, und mein Plan nahm konkrete Formen an. Ich wartete nur noch auf den richtigen Moment. Seltsamerweise hatte Klaus-Eberhard seit einigen Tagen nicht mehr über das Haus in Essen gesprochen. Ich ließ mich davon jedoch nicht täuschen. Und richtig! Bereits am nächsten Wochenende lagen die Prospekte erneut auf dem ungewöhnlich festlich gedeckten Esszimmertisch zwischen zwei Kerzenleuchtern. Zunächst schrillten meine Alarmglocken, aber dann erschien mir der Abend plötzlich perfekt. Das gute Geschirr, sogar Kerzenlicht. Mit anderen Worten: Der Rahmen für einen würdigen Abgang stimmte.

Freudig erregt schlich ich in Richtung Küche. Bevor ich mein Ziel erreichte, starrte ich auf die geöffnete

Kellertür. Warum hatte sich Klaus-Eberhard heute höchstpersönlich die Treppe hinunterbegeben? Was zum Teufel machte er dort unten? Er hatte doch nicht etwa denselben ... Verstört wankte ich in die Küche und holte die Dose mit der Aufschrift »Blumenfrisch« aus dem Schrank, in der das Tetrodotoxin steckte. Meine Hände zitterten, hatten Mühe, die Dose zu öffnen, erst recht, das Gift in die angebrochene Flasche Rotwein neben dem Kühlschrank zu füllen, der mein Gatte kaum widerstehen würde.

Ich hatte mein Werk gerade vollendet, da erschien er im Türrahmen. Nachdem ich mich mühsam gefasst hatte, versuchte ich zu lächeln, aber das misslang gründlich.

»Liebes, ist dir nicht gut?«, fragte er mitfühlend wie selten. »Du kannst dich jetzt aber ausruhen. Zur Feier des Tages habe ich das Essen schon vorbereitet. Und zum Dessert gibt es eine Überraschung. Setz dich einfach schon an deinen Platz, ich komme gleich.«

»Zur Feier des Tages«, hallte es in meinem Schädel wider, während ich ins Esszimmer wankte. Dort hatte mein Mann den Tisch mit weiterer Deko aufgepeppt, was normalerweise nicht seiner Art entsprach. Auf den blauen Servietten stand »Norderney, meine Insel«. Mein Blick schweifte zu einem kleinen Blumenstrauß in einer Porzellanvase, auf der Strandkorb, Meer und Dünen abgebildet waren. Selbst der charakteristische Leuchtturm fehlte nicht als Motiv. Neben der Vase hatte Klaus-Eberhard ein antikes Gewürzschiffchen drapiert, mit Bild von der Insel und Aussparungen in Muschelform. Sollte das etwa der Ausgleich dafür sein, dass er von hier fortziehen wollte? Ehe ich weiter darüber nachdenken konnte, stieg mir leichter Geruch nach Verbranntem in die Nase. Seufzend legte ich meine Serviette zur Seite, die ich inzwischen ohne es zu bemerken zerknittert hatte. Ich schaute auf die Uhr. Vermutlich war Klaus-Eberhard in der Küche bereits bei dem zweiten Glas Rotwein angelangt. Dabei reichte ein Schluck aus, um … Mit zittrigen Händen zündete ich die Kerzen an. Was für ein denkwürdiger Augenblick.

Als mein Gatte endlich mit zwei gefüllten Tellern auftauchte, schien mein Herzschlag fast auszusetzen.

»Liebes, der erste Gang«, säuselte er. »Feldsalat mit Schafskäse und zur Feier des Tages ein Gläschen Champagner.«

Sehr gut, überlegte ich, kein Rotwein und doch etwas Alkohol, um die Nerven zu beruhigen. Ich wunderte mich kurz, dass die Portion auf seinem Teller genauso groß war wie meine. Sonst aß er immer das Doppelte.

»Du bist furchtbar neugierig«, fuhr er fort, »das sehe ich dir doch an. Nach so vielen gemeinsamen Jahren machst du mir nichts mehr vor. Aber ich verrate nichts. Du musst dich gedulden.« Er hustete. »Bis zum Dessert.«

Während ich appetitlos die Vorspeise hinunterwürgte, beobachte ich Klaus-Eberhard heimlich aus den Augenwinkeln. Zu meinem Erstaunen hatte er etliche Kilos abgenommen. Offensichtlich war ich in den letzten Wochen zu sehr mit meinem Plan beschäftigt gewesen, um darauf zu achten. Plötzlich fiel mir das Messer aus der Hand und krachte klirrend auf den Teller. Was, wenn mein Mann auch einen Grund hatte, mich loswerden zu wollen? Ehe ich ihn weiter kritisch betrachten konnte, verschwand er in der Küche. Nur sein spitzbübisches Lächeln, das mich einst so fasziniert hatte, blieb auf seltsame Weise zurück. Beinahe verspürte ich einen Anflug von Bedauern, für immer darauf verzichten zu müssen.

»Rinderbraten«, verkündete er strahlend, während er wenig später ein Stück Fleisch auf meinen Teller in Sauce ertränkte. Mir wäre Seezunge oder Scholle lieber gewesen, aber an unserem letzten gemeinsamen Abend, sah ich großzügig darüber hinweg. »Noch Champagner?« Ich nickte. Zu meinem Erstaunen goss auch er sich von dem Moët & Chandon ein. »Rotwein würde wirklich besser passen«, antwortete er auf meine stumme Frage. »Aber die angebrochene Flasche aus der Küche ... nun ja, ich habe im Keller nachgeschaut, aber ich habe in unserem Vorrat keinen gefunden, der dem Anlass genügt hätte.«

War das wirklich Erleichterung, was ich fühlte? Während Klaus-Eberhard von seinen Plänen erzählte, ein Kabarett im Conversationshaus zu besuchen und an dem nächsten Norderneyer Abendlauf teilzunehmen, spülte ich meine Nervosität mit einem kräftigen Schluck hinunter. Ich ging noch einmal alle Einzelheiten durch, die ich über die Wirkung von Tetrodotoxin gelesen hatte. Normalerweise setzten die ersten Symptome nach fünf bis zwanzig Minuten ein, abhängig vom Körpergewicht.

»Du kannst es wohl kaum erwarten«, platzte Klaus-Eberhard in diesen Gedanken. »Keine Sorge. Gleich nach dem Dessert ist es so weit.« Er strahlte mich an. »Auf unsere Zukunft.«

Sein Lächeln erschien mir echt. Vielleicht hätte ich doch nicht so halsstarrig sein und einen Anwalt aufsuchen sollen, schoss es durch meinen Kopf. »Bis dass der Tod euch scheidet«, kam mir jetzt nicht mehr so wichtig vor und das Geld würde auch in jedem Fall reichen. Schließlich verdiente ich ganz gut mit dem Laden für Spiel, Spaß und Strandutensilien aller Art. Meine Finger traktierten die ohnehin zerknüllte Serviette.

»Es gibt Weißweincreme«, fuhr er fort. »Nimm noch einen Schluck Champagner dazu. Rotwein hätte dazu ja nicht gepasst, ich habe den aus der angebrochenen Flasche aber ohnehin für das Dressing benutzt und zum Ablöschen des Bratens.«

Entsetzt stierte ich auf meinen fast leeren Teller. Während ich versuchte, die Tragweite seiner Worte zu erfassen, traf mich ein liebevoller Blick.

»Und nun die Überraschung. Ich muss dir was beichten. Die Kegeltour neulich war nur Vorwand. Tatsächlich bin ich ins Ruhrgebiet gefahren. Dabei ist mir klar geworden, dass auch ich inzwischen die steife Brise brauche.«

Mit feierlicher Miene zerriss er den Prospekt. Meine Gedanken setzten zum Looping an. Der ausgeklügelte Plan war überflüssig und … Automatisch griff ich zum Champagner, um die einsetzende Angst hinunterzuspülen, aber meine Hand verfehlte das Glas. Plötzlich brach mir der Schweiß aus. Ein Staat Ameisen lief über meinen Körper. Gehörte das nicht zu den Symptomen, von denen ich gelesen hatte?

»Freust du dich denn nicht?«, vernahm ich Klaus-Eberhards Stimme wie aus der Ferne.

Ungläubig schüttelte ich den Kopf. Ich konnte nicht in sein vertrautes Gesicht sehen. Ergriffen von einer unerwarteten Erkenntnis wankte ich zum Fenster und starrte hinaus. Sie kam zu spät. Während meine Augen über unseren Garten bis zum Deich wanderten, tröstete mich der Gedanke, im Tod mit Klaus-Eberhard hier vereint zu sein.

»Norderney für immer und ewig«, flüsterte ich gegen die langsam beschlagende Scheibe.

Der Strandkorbmörder

Kriminalkommissar Willibald Pielkötter saß im Vorbau des Norderneyer Brauhauses direkt am Fenster und schaute auf den Damenpfad hinaus. Seine Frau Marianne besuchte zusammen mit der Pensionswirtin eine Musikveranstaltung im Conversationshaus. Howard Carpendale gastierte dort. Marianne war nur zu gerne für eine Freundin von Frau Biel eingesprungen, die kurzfristig krank geworden war. Ihm war das sehr recht, Hauptsache er musste nicht mit ins Konzert. So gemütlich wie hier würde es dort bestimmt nicht sein. Lächelnd hob Pielkötter sein Glas und trank einen großen Schluck Bier. Er hatte es noch nicht abgesetzt, da trat Arne Dirksen von der Norderneyer Polizeistation an seinen Platz heran. Den jungen sympathischen Polizisten mit den stahlblauen Augen und dem schmalen Gesicht kannte er aus seiner Zeit in der Reha. Sie beide hatten damals zur Aufklärung eines Falls erheblich beigetragen und sich nach dessen Abschluss hier zu einem kleinen Umtrunk getroffen. Auch nach dem »Paillettenmord«, dessen Lösung vor allem Pielkötters Aufmerksamkeit zu verdanken war, hatten sie hier zusamengesessen.

»Moin, tut mir leid. Ich bin etwas spät dran.«

»Kein Problem, es gibt schlechtere Plätze, um auf jemanden zu warten«, erwiderte Pielkötter und reichte Dirksen lachend die Hand. »Da brauche ich nur an das Konzert zu denken, dass meine Frau gerade besucht. Und auf dem Trockenen sitzt man hier auch nicht.«

Der junge Polizist hatte kaum bestellt, da klingelte sein Handy.

»Schulte, was gibt's?«, nahm er das Gespräch an. Er runzelte die Stirn und fuhr sich mehrmals mit einer fahrigen Bewegung über das kurz geschnittene blonde Haar. »Also, Samstag habe ich selbst Bereitschaft, tauschen kann ich höchstens am Sonntag. Okay, geht klar. Nee, auch ohne Rücksprache mit Frauke. Tschüss dann. Wir sehen uns morgen. Hoffentlich bleibt es ruhig.«

Wachsam hatte Pielkötter das Telefonat verfolgt. »Gibt es etwa wieder Probleme?«, fragte er, nachdem Dirksen geendet hatte.

»Nein, aktuell nicht, aber wir sind natürlich in Unruhe wegen der Morde ...«

»Ich habe davon gehört. Selbst auf dem Festland haben die Medien darüber berichtet, nur nicht so groß wie hier. Aber wenn man wie ich einen Bezug zu Norderney hat, wird man natürlich sofort aufmerksam.« Nachdenklich massierte er sein Kinn. »Wenn ich mich recht erinnere, sind beide Morde über zwei Monate her und der Täter ist bisher nicht gefasst. Kann man schon etwas über das Motiv sagen?«

»Na, da sprechen Sie genau den Knackpunkt an. Also, für die hohen Herren aus Aurich und Wittmund steckt hinter den Taten ein sexuell motivierter Serienmörder. Zwei junge Frauen, vierundzwanzig und achtundzwanzig, wurden in einem Strandkorb mit einem Seidenschal erwürgt. Beide am Ostbadestrand. Kein Wunder, der liegt ja etwas abseits. Der Todeszeitpunkt wurde in beiden Fällen mit dreiundzwanzig Uhr angegeben, plus, minus zwei Stunden.«

»Und was glauben Sie?«

»Ich weiß nicht so recht. Ich bin zwar nicht bei der Kriminalpolizei, aber die Theorie passt für mich nicht hundertprozentig. Zum einen hatte nur die erste Frau vor dem Mord Geschlechtsverkehr, wahrscheinlich sogar einvernehmlich, und zum anderen waren die Opfer für meinen Geschmack zu unterschiedlich. Okay, beide jung, beide blond, darauf reiten die hohen Herren herum.«

»Inwiefern unterschiedlich? Größe vielleicht?«

»Größe nicht, aber Gewicht. Das etwas jüngere Opfer war eher zierlich und das andere hatte erhebliches Übergewicht. Tut mir leid, aber ich kann mir einfach nicht vorstellen, dass der Täter sich beide als mögliche Gespielinnen für seine perverse Tour ausgesucht hat. Vielleicht ist das auch nur so eine Intuition von mir.«

»Auf jeden Fall ist da was dran«, stimmte Pielkötter zu und trank einen großen Schluck Bier. »Haben Sie darüber mit der Mordkommission gesprochen?«

»Klar, aber die wollen diesen Aspekt einfach lieber ausklammern. Ich hätte schließlich nicht ihre Erfahrung. Die benehmen sich sowieso, als wären sie etwas Besseres. Und was die alles zu meckern hatten, als die endlich vom Festland eingetrudelt sind. Der Tatort war nicht richtig gesichert, der Bericht nicht nach ihrem Geschmack und, und, und ...«

»Hört sich nicht nach guter Zusammenarbeit an.«

»Nee, wirklich nicht. Dabei sollten die sich lieber bedeckt halten. Trotz der personell gut besetzten Soko sind die mit den Ermittlungen bisher nicht vorangekommen. Der sexuell motivierte Serienmörder«, seine Stimme nahm einen ironischen Klang an, »läuft ja immer noch frei herum. Und wir können nur hoffen, dass er nicht erneut zuschlägt, egal aus welchem Grund.«

»Was weiß man über die Frauen? Ich nehme an, die kannten sich nicht?«

»Nein, wahrscheinlich sind die sich niemals über den Weg gelaufen. Bei der Vierundzwanzigjährigen handelt es sich um eine Marketingassistentin aus Hamburg und die andere wohnte im Ruhrgebiet. Gearbeitet hat sie in einer Bäckerei.« Dirksen trank von seinem Bier und wischte sich den Schaum vom Mund. »Beide lebten in keiner festen Beziehung. Lea Hartwig, das erste Opfer, hat ihrer besten Freundin kurz vor ihrem Tod eine SMS geschrieben. Sie hätte einen tollen Typen kennengelernt und sei auf dem Weg zu einer Verabredung am Strand. Laut Auskunft einiger Bekannte des zweiten Opfers, Christina Wirtz, hat diese Frau vorgehabt, im Urlaub auf Norderney heftig zu flirten. Offensichtlich haben sie es dem Täter recht leicht gemacht.«

Erstaunt stellte Pielkötter fest, wie viel Zeit während der Unterhaltung vergangen war. »Es war sehr interessant mit Ihnen zu plaudern«, erklärte er. »Aber jetzt muss ich schnell los. Ich habe meiner Frau und unserer Wirtin versprochen, sie nach dem Konzert vom Conversationshaus abzuholen.« Er winkte die Bedienung vom Nachbartisch heran und zahlte.

Dirksen reichte Pielkötter zum Abschied die Hand. »Schön, Sie mal wieder gesehen zu haben. Wann reisen Sie wieder ab?«

»In knapp zwei Wochen.«

»Da könnten wir uns doch noch mal treffen!«

»Das würde mich sehr freuen.« Pielkötter machte eine Pause, dann fuhr er fort. »Und vergessen Sie Ihren berechtigten Einwand nicht. Außerdem braucht man oft eine gehörige Portion Intuition, um einen Fall zu lösen. Ich weiß das aus Erfahrung, ganz egal was Ihnen die Soko-Leute aus Aurich und Wittmund einzureden versuchen.«

Am nächsten Abend bummelte Pielkötter mit seiner Frau durch die Stadt. Eigentlich hatten sie noch eine Runde mit den Rädern fahren wollen, die sie für drei Tage gemietet hatten, aber dann hatte die Mahlzeit im Restaurant DeLeckerbeck doch länger gedauert und es war schon dunkel geworden. Zudem wehte ein äußerst kräftiger Wind. Sie spazierten gerade zwischen dem Kaiser-Wilhelm-Denkmal und der Polizeistation entlang, da raste ein Einsatzwagen mit Blaulicht in Richtung Oststrand davon. Der Mörder hat wieder zugeschlagen, ging es Pielkötter sofort durch den Kopf.

»Du ... Marianne«, druckste er herum, weil er nicht recht wusste, wie er ihr erklären sollte, dass er soeben beschlossen hatte, den Spaziergang zu beenden. »Ich habe dir doch gestern von dem Treffen mit Arne Dirksen erzählt und dass wir uns über diese Morde an zwei jungen Frauen unterhalten haben.«

»Und?«, fragte sie mit einem seltsamen Unterton in der Stimme, der ahnen ließ, dass sie bereits wusste, wohin das Gespräch führen würde.

»Ich bin sicher, der braucht jetzt Hilfe.«

»Mag sein, nur bist du dafür ganz bestimmt nicht zuständig. Du verbringst deinen wohlverdienten Urlaub auf Norderney, schon vergessen?«

»Nein, aber Dirksen hat doch sonst nicht mit Mord zu tun und er hat mir während meiner Reha geholfen. Und ob die Verstärkung vom Festland in absehbarer Zeit hier auflaufen kann, ist fraglich. Bei der Windstärke landet sicher kein Hubschrauber, und ich halte es sogar für denkbar, dass nicht einmal die Fähre verkehrt.«

»Wieso gehst du denn wieder von einem solchen Verbrechen aus? Vielleicht steckt etwas ganz anderes hinter dem Blaulicht.«

»Natürlich, aber genau davon will ich mich selbst überzeugen. Marianne bitte, wenn ich so tun würde, als ginge mich die Sache nichts an, mache ich die ganze Nacht kein Auge zu. Du kennst mich doch.«

»Okay. Und dafür besuchst du bitte noch in diesem Urlaub mit mir eine Veranstaltung am Kurplatz mit einem Orchester in der Konzertmuschel.«

»Überredet.«

»Als Alternative käme auch *Meeresleuchten* infrage.

Ich kann gerne nachforschen, ob noch einer der Termine in unserem Urlaub liegt. Sofern mich meine Erinnerung nicht täuscht, wird das einmal im Monat angeboten.«

»Meeresleuchten?«, fragte Pielkötter irritiert.

»Ein besonderes Highlight im Thalasso-Bad. Mit live gespielter Klaviermusik und Kerzenschein und noch einigen anderen Extras.«

Pielkötter brachte Marianne zur Pension und nahm dann das Rad. Zum Glück wehte der Wind aus westlicher Richtung und er kam zügig voran. Auf dem Rückweg würde das anders aussehen, aber das war ihm in diesem Moment egal. Pielkötter fuhr bis zum Rand der Dünen, dort stellte er das Rad ab. Anschließend lief er zu Fuß weiter, bis zu einem Strandkorb, der von den üblichen Tatortleuchten angestrahlt wurde. Davor standen drei Personen. Offensichtlich war die Verstärkung aus Aurich und Wittmund noch nicht eingetroffen. Inzwischen erkannte er auch die Absperrbänder. Also lag er höchstwahrscheinlich mit seiner Annahme richtig, dass etwas Furchtbares geschehen war. Trotzdem hoffte er, dass nicht noch eine Frau ihr Leben hatte lassen müssen.

Als Pielkötter die Absperrung fast erreichte hatte, wollte sich ihm ein junger, ihm unbekannter Polizist in Uniform gerade in den Weg stellen und protestieren, da zeigte er auf Arne Dirksen, der ihn anscheinend noch nicht bemerkt hatte. »Ich bin Kriminalhauptkommissar Pielkötter und möchte zu Polizeiobermeister Dirksen.«

»Arne, kommst du mal eben?«, rief er in Richtung eines Strandkorbs, den Pielkötter nur von hinten sehen konnte. »Hier ist jemand, der dich sprechen will.«

Wenige Augenblicke später erschien Dirksen. Er lächelte kurz, wurde dann jedoch ernst. »Leider kann ich kaum sagen, dass es mich freut, Sie so schnell zu sehen. Ohne ein weiteres Opfer wären Sie sicher nicht hier.«

»Ja, ich habe es sofort geahnt, als ich das Blaulicht gesehen habe.«

»Schon wieder eine blonde, junge Frau. Erdrosselt, wie die anderen. Allerdings gibt es sonst kaum Parallelen.«

»Ich hoffe, Sie haben nichts dagegen, wenn ich mich …« Pielkötter stockte. »Wie soll ich das jetzt ausdrücken … also, in Ihren Fall einmische.«

»Nein, keine Sorge, ich kann Verstärkung gebrauchen. Und dabei ist mir jeder lieber als die zuständigen

Kollegen vom Festland, die alles besser wissen, aber bisher noch nichts Konkretes herausgefunden haben.«

»Was ist denn in diesem Fall so anders?«, fragte Pielkötter mit wachsendem Interesse.

»Der Ehemann des Opfers hat sie als vermisst gemeldet«, antwortete Dirksen nachdenklich. »Anhand eines Fotos, das er uns gegeben hat, haben wir die Frau sofort identifiziert: Es ist Jeanette Sommer. Die beiden verbringen ihren Urlaub zusammen auf der Insel. Vielleicht sollte ich besser sagen: haben ihn verbracht. Der Mann wird übrigens gleich hierherkommen. Er möchte seine Frau unbedingt so schnell wir möglich noch einmal sehen.« Dirksen räusperte sich. »Solange die Kollegen aus Aurich und Wittmund noch nicht eingetroffen sind, dürfen sie gerne in die Schutzkleidung steigen und einen Blick auf das Opfer werfen.« Dirksen hob das Absperrband etwas in die Höhe.

Pielkötter nickte. Das ließ er sich nicht zweimal sagen. Er brannte förmlich darauf, sich selbst ein Bild zu machen, auch wenn er immer noch nicht so abgestumpft war, dass ihn der Anblick einer Leiche innerlich nicht berührte. Und es war nicht unbedingt das, was Pielkötter sich in seinem Urlaub wünschte. Doch zu wissen, dass es ein Opfer gab und er nichts tun konnte, wäre für ihn weitaus schlimmer gewesen.

Die Tote lehnte gegen die linke Seitenwand des Strandkorbs. Ihre Augen standen offen. Pielkötter sah darin etwas Ungläubiges, aber er wusste, dass er sich das nur einbildete. Die Augen eines Toten konnten nichts mehr ausdrücken. Sie wirkt noch so jung, fast wie ein Mädchen, dachte er erschüttert. Ihn machte es immer besonders betroffen, wenn die Toten einen großen Teil ihres Lebens eigentlich noch vor sich gehabt hätten. Hoffentlich wurde der Mörder schnell gefasst. Während er sich abwandte, überlegte er, dass Jeanette Sommer im Gegensatz zu den beiden anderen bei Tageslicht ermordet worden war. Wahrscheinlich war es wegen des Windes trotzdem sehr einsam am Strand gewesen und es hatte deshalb keine Zeugen gegeben. Der Wind hatte sich immer noch nicht gelegt und blies den Sand gegen seine Beine.

»Der Rechtsmediziner hat es bisher ja nicht auf die Insel geschafft. Aber ich kann selbst erkennen, dass die Frau erwürgt worden ist«, erklärte Dirksen. »Wahrscheinlich stranguliert wie die beiden anderen. Mit einem Seidentuch. Bei den ersten Opfern haben wir Fasern gefunden, in grün-gelb. Und auch ohne den Doc können wir den Todeszeitpunkt eingrenzen. Vor vier Stunden hat sie noch gelebt. Markus Sommer, ihr Mann, hat ausgesagt, dass sie bis um neunzehn

Uhr dreißig zusammen gewesen seien. Ah, schauen Sie, dort kommt er gerade. Der Linke mit den kurzen lockigen Haaren. Der Mann daneben ist mein Kollege Daniel Meinhardt, ach, den kennen Sie ja schon von Ihrem letzten Aufenthalt.«

Wenige Augenblicke später starrte Markus Sommer wortlos auf seine tote Frau. Offensichtlich fiel ihm das Sprechen schwer und er schien mit den Tränen zu kämpfen. Zumindest wischte er sich mehrmals über die Augen.

»Sie ist es, nicht wahr?«, fragte Dirksen, nur um etwas zu sagen.

Der junge Mann nickte.

»Wieso war Ihre Frau eigentlich allein unterwegs?«, schaltete Pielkötter sich ein. »In einem gemeinsamen Urlaub.«

»Sie wollte das so«, brachte Markus Sommer nach einiger Zeit hervor. »Ich habe ihr heute Abend erzählt … nein … eher gebeichtet, dass ich von meiner Firma aus für drei Monate ins Ausland geschickt werde.« Mit einer fahrigen Geste schlug er die Hände vors Gesicht und gab einen Laut von sich, der wie ein Winseln klang. Es dauerte eine Weile, bis er fortfahren konnte. »Wenn ich auch nur geahnt hätte, dass Jeanette so heftig darauf regiert, dann …«

»Ab wann haben Sie sich denn Sorgen gemacht?«, setzte Dirksen die Befragung fort.

»Nachdem ich mit der Dame an der Hotelrezeption gesprochen habe. Ich wollte Jeanette suchen, hatte aber Angst, dass wir uns verpassen. Ich dachte, wenn sie zurückkehrt und findet mich nicht, haut sie wieder ab. Ich habe am Empfang meine Handynummer angegeben und gebeten, mich zu informieren, sobald Jeanette in der Lobby auftaucht. Die Frau hat mich so komisch angesehen und gesagt, ich solle besser gleich die Polizei einschalten, wo in letzter Zeit so viel auf der Insel passieren würde.«

»Genaues hat sie Ihnen nicht erzählt?«

»Nein, sie hat nur rumgedruckst. Draußen habe ich dann einen Passanten gefragt. Und der hat mir von den beiden Morden erzählt.« Markus Sommer wandte sich etwas zur Seite und wischte sich erneut über die Augen. »Wenn … wenn ich nur gewusst hätte«, stotterte er mit halb erstickter Stimme »dass dieser Serienmörder es auf blonde Frauen abgesehen hat, dann …« Pielkötter und Meinhard wechselten einen kurzen Blick. »Kann ich jetzt bitte gehen? Ich ertrage es nicht länger, neben meiner toten Frau zu stehen.«

»Gut«, erklärte Dirksen, mein Kollege Meinhardt bringt Sie ins Hotel zurück. »Nur muss ich Sie bitten, die Insel nicht zu verlassen und sich für weitere Fragen zur Verfügung zu halten.«

»Moment noch«, schaltete sich Pielkötter ein. »Haben Sie hier im Urlaub Fotos gemacht? Ich meine von Ihrer Frau.«

»Ja natürlich, warum?«

»Dürfte ich mir die einmal anschauen? Ich meine, um mir ein besseres Bild von Ihrer Frau machen zu können.«

»Die Polizei hat bereits ein Foto von Jeanette«, erwiderte er sichtlich erstaunt.

»Mich interessieren besonders die letzten Aufnahmen.« Der Mann zuckte mit den Achseln, und Pielkötter beschloss, das als Zustimmung zu werten.

»Allerdings habe ich die mit meiner Kamera gemacht und die liegt in unserem Zimmer.«

»Gut, dann laufe ich gleich mit Ihnen zum Hotel.«

Markus Sommer nickte und holte sein Smartphone hervor. Während er telefonierte, nahm Pielkötter Dirksen beiseite. Außer Hörweite fragte er ihn: »Stand eigentlich etwas über die Haarfarbe der Opfer in der Presse?«

»Soviel ich weiß, wurde dieses Detail nicht preisgegeben, aber es kursieren natürlich Gerüchte. Und von Lea Hartwig hat die Tageszeitung ein Foto veröffentlicht. Auf jeden Fall behalten wir das mal im Hinterkopf.«

Pielkötter grinste »Dann sind wir uns einig. Ich hoffe, Sie haben nichts dagegen, dass ich mir die Bilder anschaue.«

»Nein, nein. Nur ... also, ich kann meinem Vorgesetzten oder den Kollegen aus Aurich und Wittmund gegenüber nicht behaupten, ich hätte Ihnen das erlaubt. Wenn Sie den Mann der Toten um irgendetwas bitten, tun sie das rein als Privatmann.« Er lächelte verschmitzt. »Verraten Sie mir denn, wonach Sie suchen.«

»Das weiß ich selbst noch nicht genau. Vielleicht will ich beurteilen können, ob die Frau hier glücklich war oder ob es in der Ehe schon länger gekriselt hat, nicht erst seit heute Abend, wie ihr Mann uns das glauben lassen möchte.«

»Auf jeden Fall werde ich überprüfen, ob er ein Alibi für die Tatzeit der ersten beiden Morde vorweisen kann, egal was die zuständigen Kollegen aus Aurich und Wittmund dazu sagen.«

»Ja, das halte ich für eine gute Idee«, erwiderte Pielkötter. »Und jetzt muss ich mich beeilen. Ich möchte dem möglicherweise doch nicht so trauernden Ehemann keine Gelegenheit geben, irgendwelche Speicherkarten verschwinden zu lassen.«

Zwei Tage später saßen sich Pielkötter und Dirksen erneut im Norderneyer Brauhaus gegenüber.

»Auf den schnellen Erfolg«, sagte Pielkötter und erhob sein Glas. »Nur traurig, dass dafür eine weitere Frau sterben musste.«

»Und auf Ihre Hilfe«, ergänzte der junge Polizist. »Die Idee mit den Bildern war einfach genial.«

»Dabei habe ich nicht im Traum damit gerechnet, dass Jeanette Sommer auf einem der Fotos mit einem gelb-grünen Schal aus Tüll posiert.«

»Da verübt der Täter gleich zwei zusätzliche Morde, nur um das Motiv zu verschleiern, und dann stolpert er über ein simples Foto.«

»Und Ihre hartnäckige Suche nach der Tatwaffe. Wenn Sie nicht so schnell reagiert hätten, wäre der Schal in der Müllverbrennungsanlage gelandet.« Auf Pielkötters Gesicht zeigte sich der Anflug eines Lächelns. »In der wievielten Abfalltonne sind Sie fündig geworden?«

»Wir haben Sie nicht gezählt«, erwiderte Dirksen, »aber der kleine Container stand nur eine Querstraße vom Hotel des Täters entfernt neben einem Wohnkomplex. Markus Sommer war wirklich nicht besonders schlau. Zu den Tatzeiten der ersten beiden Morde hat er übrigens Überstunden abgefeiert. Angeblich war er mit einem Freund zusammen, aber mindestens ein Alibi ist bereits geplatzt. Und das alles nur, um seine Frau zu beerben und wegen der Lebensversicherung.«

»Was haben eigentlich Ihre Kollegen aus Aurich und Wittmund zu Ihrem Alleingang gesagt?«

»Die haben ganz unterschiedlich reagiert, einige waren neidisch, andere haben mir ehrlich zu dem raschen Erfolg gratuliert. Und natürlich sind alle heilfroh, dass es auf unserer schönen Insel wieder friedlich zugeht.«

Das bleibt zumindest zu wünschen, dachte Pielkötter im Stillen.

Danksagung

Mein besonderer Dank
für Anregungen und konstruktive Kritik gilt:

Sabrina Komoßa und Joachim Scharenberg
und vor allem meiner Lektorin,
Dr. Anette Kleszcz-Wagner

Von derselben Autorin

Irene Scharenberg, Tödliches Bad

Norderney-Krimi

Paperback, 238 Seiten, ISBN 978-3-95475-167-9

Bei einem Kuraufenthalt auf Norderney wittert
Kommissar Pielkötter ein Verbrechen, als ein Patient
plötzlich verstirbt. Die örtliche Polizei stuft den Fall
nicht als Mord ein, aber Pielkötter glaubt, dass die
Klinikleitung etwas verbergen will, und beginnt zu
ermitteln. Nicht nur sein junger Kollege aus Duisburg
unterstützt ihn dabei, auch auf Norderney findet er
einen Verbündeten.

Weitere Krimis von Irene Scharenberg

Kommissar Pielkötter ermittelt im Ruhrgebiet:

Die Sünderinnen
Paperback, 186 Seiten, ISBN 978-3-935263-70-2

Gefährliches Doppel
Paperback, 191 Seiten, ISBN 978-3-935263-89-4

Im Kreis der Sünder
Paperback, 199 Seiten, ISBN 978-3-95475-004-7

Ein Fall zu viel
Paperback, 200 Seiten, ISBN 978-3-95475-076-4

Versteckte Gifte
Paperback, 221 Seiten, ISBN 978-3-95475-100-6

Doch der Tod wartet nicht
Paperback, 204 Seiten, ISBN 978-3-95475-129-7

Inselkrimis im Prolibris Verlag

Volker Streiter, Mörderische Nachsaison
Amrum-Krimi
Paperback, 214 Seiten, ISBN 978-3-935263-95-5

Johannes Wilkes, Strandkorb 513
Spiekeroog-Krimi
Paperback, 252 Seiten, ISBN 978-3-95475-126-6

Johannes Wilkes, Nachts im Watt
Spiekeroog-Krimi
Paperback, 298 Seiten, ISBN 978-3-95475-170-9

Antje Friedrichs, Letzte Lesung Langeoog
Paperback, 181 Seiten, ISBN 978-3-935263-00-9

Antje Friedrichs, Letztes Bad auf Norderney
Paperback, 204 Seiten, ISBN 978-3-935263-17-7

Birgit C. Wolgarten, Und es wurde Nacht
Rügen Krimi
Paperback, 211 Seiten, ISBN 978-3-935263-24-5

**Birgit C. Wolgarten und Marie Claire Frey
Der Zorn des Schwarzen Engels**
Rügen Krimi
Paperback, 251 Seiten, ISBN 978-3-95475-078-8